山村의 소확행

山村의 소확행

김세관 수필집

지은이 | 김세관
펴낸이 | 김명수
펴낸곳 | 도서출판 시아북(詩芽Book)
발행일 | 2022년 08월 25일

출판등록 | 2018년 3월 30일
주소 | 대전광역시 동구 선화로214번길 21(3F)
전화 | (042) 254-9966, 226-9966
팩스 | (042) 221-3545
E-mail | daegyo9966@hanmail.net

값 12,000원

ISBN 979-11-91108-44-6(03800)

* 저자와의 협의에 의해 인지를 생략합니다.
* 잘못된 책은 바꿔드립니다.
* 본 도서는 2022년 충청남도 충남문화재단 의 후원으로 발간되었습니다.

山村의 소확행

"어느 백만 송이 꽃보다
제가 가꾼 꽃 한 송이가 더 행복을 줍니다."

김세관 수필집

시아북
詩芽BOOK

『山村의 소확행』을 펴내며

　제가 지금까지 살아오며 잘했다 싶은 일이 있지요. 그것은 별로 욕심을 부리지 않았다는 점입니다. 일찍 등단을 하고 깜냥껏 수필을 써 왔으나, 첫 작품집은 무려 22년 만이었습니다. 아우와 딸이 회갑 선물로 해외여행과 수필집을 놓고 양자택일을 강요한 결과였지요.

　야구광인 남호탁 원장의 권유로 '수필로 읽는 야구 이야기'를 쓰게 되었습니다. 쉽게 한 권의 분량이 되었으나 출판 욕심은 없었습니다. 특이한 소재 덕분이었던지, 인세 출판으로『내일도 홈런』이 나왔지요. 인세 수입은 적었으나 KBS 아나운서로 퇴직한 이종태 선배의 소개로 중계부스에서 야구를 관전하기도 했습니다. 인터뷰 요청도 받았고 여러 지면에 소개되는 즐거움도 누렸지요.

　다시 세월이 흐르고 지난해 고희를 맞았습니다. 코로나19로 가까운 친지들과 식사 한 끼 나눌 수 없었지만, 생일을 전후해서 봉투 몇 개를 받았습니다. 그에 대한 답례로 출판을 생각해 보았습니다.

미리 준비하지 않으면 원고 정리가 여간 어렵지 않습니다. "새로 집을 짓는 것보다 헌집을 고치기가 더 어렵다."는 말처럼, 첫 작품집을 낼 때 고생했었지요. 서둘러 원고 정리를 하려는데, 문화원에서 연락이 왔습니다. 3인 수필집『천안 사는 즐거움』을 출판하기 위한 원고 청탁이었지요. 두 달 사이에 많은 원고를 써야 하고, 그 후에도 바쁜 일이 있어서 개인 작품집은 미루어졌습니다.

　자주 만나는 문우가 충남문화재단의 개인 작품집 발간 지원금 신청을 권했습니다. 갖추어야 할 서류가 많다고 했었기에, 컴퓨터 조작이 서툰 저는 언감생심이었지요. 첫 도전에 성공을 기대하진 않았습니다. 우선 서류 작성 방법을 배우고, 다음을 기약하겠다는 마음이었지요.

　은퇴 후의 생활이 무료했습니다. 근래에는 코로나19의 여파가 컸지요. 산골짜기에 살면서 외출할 일이 줄어들어 소일하기가 힘들었습니다. 그런 저에게 작품집을 발간할 수 있도록 혜택을 주신 것은 큰 기쁨입니다. 금전적 혜택보다 무명작가의 자긍심을 살려준 점이 고맙기만 하지요. 충남문화재단과 출판사에 고마움을 전하며, 더 열심히 쓰겠다는 약속을 드립니다.

2022년 가을을 맞으며

저자 김세관 올림

봄은 야생화의 계절입니다. 아직 응달에는 잔설이 남아있지만, 양지바른 곳에서는 복수초가 먼저 봄의 시작을 알립니다. 생강나무꽃도 일찍 꽃망울을 터뜨리고, 들에서는 봄을 맞아들인다는 의미의 영춘화迎春花, 개나리가 앞다투어 피어납니다. 매화, 진달래, 목련화, 영산홍, 아카시아, 밤꽃 등이 뒤를 잇지요. 그밖에도 다 열거할 수 없을 정도로 종류는 다양하기만 합니다.

첫째 마당

청도산방의 봄

나도 자연인이다

- 청도산방에서 (1)

전원생활을 꿈꾸는 사람이 많다고 합니다. 현직에서 은퇴한 남자들의 로망이라고도 하지요. 그런 연유인가 봅니다. 깊은 산골짜기, 이곳 청도산방을 찾아준 사람이 꽤 많았습니다. 전원생활을 꿈꾸는 그들에게는 제가 사는 모습이 궁금했겠지요.

저를 부러워하면서 하시는 말씀이 재미있습니다. "김 선생님도 〈나는 자연인이다〉라는 프로그램에 나오셔야겠어요." 제가 이곳에 살게 되면서 더 열심히 챙겨보고 있는 프로그램이기도 합니다. 잘 몰랐더니 이 프로그램을 즐기는 시청자가 의외로 많은가 봅니다.

『대전흥사단 50년사』와 『내일도 홈런』 두 권의 책을 만드느라 시력이 많이 약해졌습니다. 할 일이 없는 겨울에는 주로 책을 읽으며 보냈는데, 이제 눈이 아파서 두 시간을 좀 넘기면 쉬어야 합니다. 자연스럽게 TV 시청이 늘어났습니다. 여러 채널에서 〈나는 자연인이다〉라는 프로그램을 연속해서 재방송하고 있더군요. 화면 하단의 아래와 같은 자막이 예사로 보이지 않습니다.

"40대가 꿈꾸는 자연 라이프, 2018년 남녀 40대 시청률 1위 나는 자연인이다." 이 프로그램은 산촌 생활에 익숙하지 않은 저에게 도움을 주는 내용도 많습니다.

저는 귀농 준비가 부족했습니다. 농업기술센터를 찾아 교육을 받기는커녕, 흔한 귀농 안내서도 읽지 못했지요. 첫해는 고구마 순을 잘못 심어서, 다시 사다가 심기도 했습니다. 묘목 상회 주인의 설명은 그저 깊게 심으면 된다는 말 한마디뿐이었습니다. 저는 그 말만 믿고 쇠막대를 이용해서 수직으로 깊게 구멍을 내고 찔러 넣었거든요.

감자를 심을 때도 황당한 일이 있었습니다. 씨감자를 파는 아주머니에게 어떻게 심느냐고 물었지요. 반으로 쪼개서 잘린 면이 위로 가게 묻으라고 하자, 옆에 있는 사람이 아니라고 반대로 심어야 한다면서 언쟁이 벌어졌습니다. 마을에 돌아와서 근처에 사는 사람에게 문의했지만, 역시 대답은 둘로 나뉘었습니다. 결국, 저는 반은 잘린 면이 위로, 나머지 반은 아래로 가게 심었지요. 결과는 싹이 나오는 차이는 있었지만, 둘 다 맞는 말이었습니다.

친환경 농법으로 건강한 먹을거리를 얻고자 골고루 심었습니다. 다행스러운 것은 평생 농부로 살아오신 노부부의 도움을 받을 수 있었지요. 각종 씨앗과 채소 묘를 나누어 주시기도 했습니다. 파종 시기도 모르고 있는 저에게 심고 남은 오이 씨앗과 콩, 그리고 들깨와 곰취 묘 등 종류도 다양했습니다.

〈나는 자연인이다〉라는 프로그램을 열심히 시청하다 보니 쉽게 공통점을 발견할 수 있습니다. 주인공 대부분이 굴곡진 삶을 살아왔지만, 현재는 소욕지족少欲知足의 행복을 누리고 있다는 점입니다. 주인공 대부분이 직장 생활이나 사업을 하며 입은 상처를, 자연 속에서 치유 받았다는 점도 공통점입니다. "사람이 다 싫었는데, 자연 속에서 살다 보니 악연을 잊을 수 있었다."는 말은 자연의 위대한 힘을 잘 설명해 주었습니다.

마음을 아프게 하는 사람도 있지요. 사회생활을 활발하게 하다가 현직에서 물러나게 되어 산속에서 조용히 사는 것은 그래도 좋아 보입니다. 아직 자녀들이 학업을 마치지 못한 경우는 가장의 책임을 다하지 못하고 있는 셈이겠지요. 비록 어쩔 수 없는 선택이었다 해도 마음이 편하지 않은 듯 여겨졌습니다. 그들의 아픈 사연을 듣다 보면, 저는 지금까지 비교적 순탄하게 살아왔다고 여기며 고마운 마음을 가질 수 있었습니다.

　이런저런 생각에 잠겨봅니다. 사실 귀촌을 감행하기에는 용기가 필요했지요. 만일 6년 전에 용감하지 못했다면 지금은 어떻게 살고 있을까, 분명 전원생활에 대한 미련을 버리지 못하고 있을 것입니다. 갑자기 떠오르는 말이 있네요.

　"결혼은 해도 후회하고, 하지 않아도 후회한다. 어차피 후회할 바에야 하고 후회하는 것이 낫다." 제가 귀촌을 선택할 때, 용기를 준 말이기도 합니다. 후회할 것을 각오한 선택인데, 매우 만족하고 있지요. 그렇다면 저는 좋은 선택을 한 셈이 아닐까 싶습니다.

귀촌과 어린 시절의 추억

- 청도산방에서 (2)

싱거운 우문현답으로 글을 시작합니다. 감동을 주는 글을 쓸
수 없다면 작은 재미라도 드리고 싶기 때문입니다. 아시는 내용일
지라도 한 번 더 빙그레 웃어주시길 기대합니다. 어느 산골 마을
에서 두 노인이 두둥실 떠오른 달을 보며 주고받은 대화입니다.

"저 하늘에 떠 있는 것이 달이지유?"
"글씨유. 그런 것 같은디, 이 마을에 안 살아서 모르것네유."

귀촌 생활을 통해 얻어지는 소소한 기쁨은 많습니다. 그중에
서도 만월滿月을 보는 기쁨을 으뜸으로 꼽고 싶습니다. 산골짜
기에서 떠오르는 달은 더욱 크게 보이기도 하지요. 완전한 만월

은 더욱 좋지만, 하루가 다르게 도톰해지는 모습을 바라보는 것
도 즐겁습니다. 마치 만개한 꽃 못지않게 부풀어 오르는 꽃망울
을 쳐다보는 것처럼 말입니다.

요즈음 "늙으면 도로 어린애가 된다."는 말이 떠오르곤 합니
다. 조용히 사유할 수 있는 시간이 많아지기도 했지만, 매우 오
랜만에 돌아온 산골 생활은 어린 시절을 떠오르게 하는 일이 많
습니다. 잊고 살았던 그 기억들이 어쩌면 그렇게 선명하게 살아
나는 것일까요.

밤나무밭인 농장과 상수리나무가 많은 뒷산 덕분에 사슴벌레
가 제법 눈에 띕니다. 어린 시절에 제 고향에서는 집게벌레라 불
렀었지요. 장난감이 없던 시절이어서, 그 사슴벌레는 좋은 친구
가 되었습니다. 요즈음 말로 하면 반려 곤충인 셈이지요. 야행성
인 사슴벌레를 잡기 위해 횃불을 든 동네 형들을 따라 산에 오르
곤 했었습니다.

기계치인 저는 시골 생활의 필수품인 예초기를 아직 마련하지
못했지요. 제초제를 뿌린 일이 전혀 없어서 밤나무밭에는 잡초
가 무성하기만 합니다. 농장을 방문하는 사람에겐 "풀밭을 방치
했다고 잡아가지는 않겠지요?"라며 눙쳐버리곤 합니다. 또 "처
서가 지나면 풀이 거의 자라지 않는다고 해서 때를 기다리고 있

다."는 말을 덧붙이기도 하지요. 따라서 풀밭에는 방아깨비가 엄청나게 많습니다. 이렇게 많은 방아깨비를 만나는 것은 어린 시절 이후 처음입니다.

당시 고향의 신작로에는 자동차가 거의 다니지 않았습니다. 가을이면 풀밭과 다름없는 신작로에는 방아깨비가 지천이었습니다. 더구나 늦가을이면 잘 날지 못해서, 하굣길을 걸으며 쉽게 포획할 수 있었지요. 방아깨비를 구워 먹기도 했습니다. 어쩌다 이런 추억담을 나누다 보면, 메뚜기는 볶아 먹었어도 방아깨비를 구워 먹었다는 사람은 만나지 못했습니다. 저만이 간직하고 있는 추억인가 봅니다.

강원도 화천의 비무장지대에서 병영 생활을 했습니다. 그야말로 첩첩산중이었지요. 하늘이 세 평밖에 보이지 않는다던 그곳에 뜨는 달은 확연히 다릅니다. 도시의 넓은 하늘에 뜨는 달보다 몇 배나 크게 보였으니까요. 어린 시절에 고향에서 보았던 달도 마찬가지였습니다.

더욱 잊을 수 없는 장관이 떠오릅니다. 폭설이 내린 설원을 비추던 보름달의 모습입니다. 달빛의 반사 효과로 인해서 먼 산의 능선이 낮보다 더욱 선명하게 보였지요. 그 황홀한 장관은 형언할 수 없는 신비감마저 느끼게 했었습니다.

누구나 마찬가지겠지요. 저도 어린 시절을 아름답게 추억합니다. 말로만 듣던 도시를 동경하며, 막연하게나마 밝은 장래를 꿈꿀 수 있었습니다. 지금 생각하면 아무 걱정이 없는 행복한 시절이었지요.

그렇게 동경하던 도시 생활이었지만, 나이가 많아지면서 귀촌을 꿈꾸게 되었습니다. 직장 생활을 마치면서 망설임도 있었지만, 간절한 마음을 달랠 수 없어서 용단을 내렸습니다. 물론 두려운 마음도 있었지요. 무엇보다 육체노동에 자신이 없었습니다. 이제 2년을 넘기면서 저의 용감한 선택에 만족하고 있습니다. 어린 시절을 추억하는 하루하루가 행복하기 때문입니다.

〈책을 내며 덧붙이는 말씀〉 저의 귀농은 귀촌에 가깝습니다. 농업경영체 등록의 절차를 밟아서 형식상으로는 귀농이지만, 농사를 지을 목적이 아니기 때문입니다. 책을 내면서 원고를 검토하다 보니, 귀농과 귀촌을 혼용하고 있어서 드리는 말씀입니다.

잡초, 적이 아닌 동반자

- 청도산방에서 (3)

시골의 여름은 잡초와의 전쟁이라고 합니다. 귀촌하는 사람은 농약을 치지 않고 친환경적으로 작물을 가꾸고 싶어 하지요. 그러기 위해서 제초제를 쓰지 않으면, 상상을 초월할 정도의 악전고투를 감내해야 합니다. 잡초를 뽑고 돌아서면 또 잡초가 자라 있다고 할 정도이지요. 이제 잡초를 뽑기보다 풀이 자라면 베어내는 쪽을 택하고 있습니다.

저는 귀촌하던 해의 일이 떠오릅니다. 진입 도로를 비롯한 어려운 일이 꽤 많았습니다. 자연스럽게 잡초를 제거하는 일은 뒷전일 수밖에 없었지요. 밤나무밭이어서 잡초가 무성해도 심각하게 여기지 않기도 했습니다. 이름도 모르는 어느 잡초가 저와 키 재기를 하고 있는데, 우선 길을 내며 앞으로 나아가다 소스라치게 놀라고 말았습니다. 커다란 고라니가 숨겨 있었기 때문입니다.

겁쟁이인 저는 일단 후퇴, 냉수를 마시며 놀란 가슴을 애써 진정시켰습니다. 어디로 신고해야 하는 줄도 모르고, 신고를 받는 사람에게도 미안한 일이어서, 깊이 묻어주기로 했습니다. 땀은 많이 흘렸지만, 20평 가까운 면적은 말끔하게 제초 작업이 이루어졌지요. 파낸 흙은 낮은 곳으로 던지고, 메울 때는 높은 곳의 흙을 깎아내렸기 때문입니다. 지금도 그곳을 지날 때면 잠시 고라니의 명복을 빌어보기도 합니다.

산소를 이장하기 위해 굴착기가 제 땅을 통과하게 해 달라고 찾아왔습니다. 남의 동네에 들어와 살며 인심을 잃고 싶지 않아서 기꺼이 승낙했습니다. 그렇지 않아도 까다롭게 해서 고생시키는 것은 도리가 아니겠지요.

진입로 공사를 위해 네 그루의 거목을 베었는데, 그 가지를 잘라 아무렇게나 쌓아놓은 양이 엄청났습니다. 그것을 치워야 중장비가 이동할 수 있었지요. 제가 필요 없는 나무라고 하자 치워주겠다고 했습니다. 마침 굴착기는 불도저 겸용이어서, 나뭇가지를 그들의 선산인 바로 옆의 야산으로 밀고 갔습니다. 덕분에 100평도 넘는 땅이 맨땅으로 바뀌었으니, 저는 통행료를 톡톡하게 받은 셈입니다.

옆 밭의 할아버지는 제 땅을 통과해서 오가며 농사를 짓는데, 참으로 순박하고 예의 바른 분입니다. "길을 닦아놓으면 용천뱅이가 먼저 지나간다더니, 너무 미안하네유."라며 고맙다는 말을 하고 또 하십니다.

하루는 시청에 근무한다는 아들이 예초기로 밭둑의 풀을 깎으러 왔습니다. 일을 마치고 내려가며, 고맙게도 제 밭의 잡초도 많이 날려주었습니다. 여러 시간 일을 했으니 피곤할 터이고, 날이 어두워지고 있어서 미안하기도 했지요. 잡초가 그토록 무성하도록 방치한 것이 부끄럽기도 했습니다. 그만하고 가시라고 여러 번 권했지만, 낫으로 감당할 정도가 될 때까지 수고해 주셨습니다. 이번에도 통행료를 많이 받은 셈입니다. 두 번 모두 저는 받을 생각이 전혀 없었습니다.

2년 차엔 예초기를 장만할 마음이었지요. 어쩌다 보니 잡초가 기승을 부리는 여름이 되었습니다. 산촌이어서 해가 늦게 뜨지만, 해가 뜨기 전에도 한 시간 가까이 낫질을 하면 땀으로 목욕을 합니다. 힘은 들지만, 땀을 흘리고 나서 샤워를 하면 상쾌하기 그지없고, 밥맛이 꿀맛입니다.

어렸을 때, 탈곡기에 손가락을 크게 다친 적이 있어서 아직도 기계 공포증이 남아 있습니다. 귀촌하며 예초기 사용법을 배우는 것이 큰 걱정이었지요. 이제 얼마 있으면 풀이 생장을 멈춘다는 처서이기에 버텨보기로 했습니다.

그런 생각을 하게 된 또 하나의 큰 이유가 있지요. 그 무렵에 시청한 〈나는 자연인이다〉란 프로그램에서, "시골 생활은 잡초와 전쟁이라고 하는데, 풀을 적敵이 아닌 함께 살아가야 할 동반자라고 생각하면 힘들지 않다."라고 말하는 걸 들었기 때문입니다. 참으로 자연인이라야만 할 수 있는 멋진 말입니다.

풀을 벨 때는 엄청나게 많은 생명이 희생된다는 마음이 들기도 합니다. 오래 전에 들었던 강연 내용이 떠오릅니다. "우리가 한 끼의 식사를 위해 쌀밥 한 그릇을 먹는다면, 수없이 많은 생명을 희생시키는 셈이다. 우리의 필요에 따라 도정한 것이지, 이전의 벼는 싹을 틔울 수 있는 엄연한 생명체이다."

우리는 인간 본위로 사고思考하곤 합니다. "소는 우리 인간의 먹이가 되기 위해 태어났으니, 건강하게 잘 자라서 도축장으로 가는 것은 값진 죽음을 맞는 것이다."라고 말하는 사람이 있었지요. 이런 사람에게 "우리 인간만이 생태계의 주인공은 아니다."라는 말을 들려주고 싶습니다.

어느 책에서 읽은 어느 잡초의 절규도 떠오릅니다. "내 이름을 모른다고 함부로 잡초라 부르지 말라! 나도 분명한 이름을 갖고 있는 당당한 이 생태계의 일원이다."

* 용천뱅이 : 지금은 거의 쓰이지 않지요. 예전에 한센병 환자를 가리키는 말로, 전라도와 충청도 지방에서 사용하던 방언입니다. 일부 지역에서는 용천백이라고도 했다는군요.

작은 생각의 변화

– 청도산방에서 (4)

무려 53년, 현직에서 은퇴하기 전까지, 저는 오직 학교만 다닌 셈입니다. 학생으로 16년, 교사로 37년의 긴 세월이었지요. 예정된 은퇴였지만 결코 작은 일이 아니었습니다. 2월 말에 퇴직하고 3월 2일의 일입니다. 집에 있자니 왜 출근하지 않느냐고 전화가 울릴 듯해서, 자꾸 전화기를 쳐다보다 집을 나섰습니다. 아침을 먹고 갈 곳이 있다는 게 행복이라던 선배의 말과 함께, 직장에서 받는 스트레스보다 노는 게 더 힘들다는 말도 떠올랐습니다.

생각 끝에 2년만 더 일하기로 했습니다. 갑작스러운 변화에 적응하는 기간으로 삼을 생각이었지요. 새로 문을 연 국립 세종 도서관의 복사실이었는데, 적은 급여도 원룸을 얻어야 하는 불편도 감수하였습니다. 마음에 드는 것은 직장에서 식사가 모두 해결되는 점이었지요.

정말 눈 깜짝할 사이에 2년이 지나고, 다시 고뇌가 시작되었습니다. 전원생활을 하고 싶었던 꿈을 실현하려니, 용기가 필요했고 어려운 많은 과정을 거쳐야 했습니다. 600평 정도의 규모로 보아 귀농이라기보다는 귀촌에 가깝다고 해야겠지요. 농사는 밤나무밭 사이에 텃밭을 가꾸는 정도여서 부담이 없는데, 취사와 빨래가 걱정이었습니다. 원룸 생활을 하며 가끔 밥을 지을 때나 빨래를 할 때는 괜찮았지요. 그러나 혼자 귀촌하면 식사 대부분을 손수 해결해야 하고, 땀을 흘리며 일하다 보니 빨래가 많아질 수밖에 없었으니 말입니다.

드디어 산골 생활은 시작되었는데 처음은 좋았습니다. 마을이 청정지역이어서 흐뭇하게 심호흡을 할 수 있었고, 초여름 저녁의 개구리 울음소리는 마치 오케스트라처럼 느껴졌습니다. 어둠이 내리면 불빛 하나 보이지 않아서 심산유곡의 적요를 즐기게 되었고, 직접 심은 식물들이 자라는 모습을 보는 재미는 무엇과도 견줄 수 없었습니다.

다섯 시 기상은 젊어서부터 몸에 배었으니, 새벽에 한 시간 정도 일하는 것은 힘들지 않으리라 예상했지요. 더위가 시작되며 그 예상은 빗나가고 말았습니다. 이른 시간에도 땀이 줄줄 흘렀고, 장마가 끝나면서 독이 오른 까만 모기는 벌망 모자나 긴소매도 효과가 별로입니다.

　일이 힘들어지니 취사와 세탁이 귀찮아졌습니다. 아무래도 어떤 변화가 필요하다 싶은 마음에 작은 생각의 전환을 내릴 수 있었습니다. 아침을 먹으면 습관적으로 집을 나서서 학교로 향할 때 싫은 생각을 해본 적이 없었던 걸 떠올린 것입니다. 이제 식사가 끝나면 바로 설거지를 하고, 일을 마치면 샤워를 할 때 세탁도 함께 하기로 했습니다.

　다시 생활이 즐거워졌습니다. TV를 켜면 폭염특보와 열대야 소식이 앞장섭니다. 가까운 입추 이후에도 한동안 폭염은 계속된다는데, 여기 산골의 저녁은 각종 풀벌레의 울음소리가 가을을 말해주고 있습니다.

문천리 252-3

- 청도산방에서 (5)

지금은 좀 익숙해졌지요. 귀촌하고 한동안 늦은 밤의 귀갓길이 참으로 어설프게 느껴졌습니다. 광덕사 입구를 지나면 짧지 않은 거리가 암흑천지이기 때문입니다. 어느 때는 주행하는 차량을 전혀 만나지 못하기도 합니다. 다행스러운 것은 불빛 하나 보이지 않아서 심산유곡의 느낌을 주는 외딴집이지만, 무섭다는 생각을 한 적은 없지요. 이곳을 찾는 친지들은 밤에 무섭지 않으냐고 묻기도 하지요.

살아가면서 알 수 없는 것이 인연입니다. 사람과 사람 사이의 인연도 그렇지만, 어떤 지역과의 인연도 마찬가지입니다. 제가 첫 발령을 받은 천안도 그렇습니다. 발령을 기다리며 선배에게 어느 학교에 농업토목과가 설치되어 있느냐고 물었는데, 경합지인 유성이나 천안은 전혀 가능성이 없다고 알려주었거든요. 천안 발령은 의외이기도 했고, 발령 순위가 1번인 제가 금산을 희망지로 써냈는데 다른 사람이 그곳으로 발령을 받아 억울하기도 했습니다.

순환근무제에 따라 서산으로 가서 유성농고가 있는 대전 전입을 노리고 있었지요. 아이들도 어리고 해서 5년쯤 근무할 마음이었습니다. 농업토목과가 설치된 지역 중에서는 점수가 가장 높은 곳이기에, 그곳에서의 5년 근무는 대전 전입의 보증수표나 다름없었습니다. 문제는 정치인의 득표 전략으로 대전이 광역시가 되면서, 인사 교류가 막혀 버렸습니다. 대전에서 가까운 금산이나 공주도 고려해 보았지만, 다시 천안으로 돌아올 수밖에 없는 상황이 벌어졌습니다.

2005년, 온양에서 근무할 때의 일입니다. 퇴근하고 급히 대전에 갈 일이 있다고 하자, 옆 동료가 수철리와 광덕사 입구를 거치는 길을 알려주었습니다. 내비게이션이 없던 시절이어서, 곡두터널의 개통을 알지 못하면 천안 쪽으로 우회할 수밖에 없었지요.

당시에 지금 사는 집 앞의 길을 처음 통과하며 막연하게 가져본 생각이었습니다. 이제 천안 사람이 된 셈인데, 고향으로 귀촌하기에는 너무 멀고, 퇴직하고 이런 청정지역에 살고 싶었습니다. 그 막연한 생각이 현실이 된 셈이지요.

　퇴직하고 세종에서 2년 동안 임시 직장에 다니며, 주말마다 정안과 세종 신도시 사이에 귀촌할 곳을 찾느라 헤매고 다녔습니다. 세종 지역은 이미 땅값이 너무 올라서 제가 원하는 가격에 맞출 수 있는 땅을 구할 수 없었습니다. 저는 시세차익을 얻으려는 욕심은 전혀 없고, 계속 살아갈 땅을 찾고 있었기에 이곳으로 결정을 보았습니다.

땅도 임자가 따로 있다는 말을 합니다. 앞에서 말씀드린 대로 주말마다 땅을 보러 다니는 것도 여간 피곤한 일이 아니었지요. 공인중개사들은 제가 원하는 땅에 대한 자세한 설명을 들으려 하지 않고, 우선 땅을 보고 따지자는 식이었습니다.

10분 남짓의 거리라고 해도 땅을 살펴보고 돌아오려면 꽤 시간이 걸립니다. 바쁜 사람이 시간과 비용을 투자해서 소개한 땅인데, 별로 마음에 들지 않는다고 답변하는 것도 힘들었습니다. "별로 마음에 들지 않는다."는 표현은 미안해서 나온 말인데, 그들은 장점을 나열하며 땅은 70점만 되면 사야 한다는 주장이었습니다.

차를 타고 지나가며 멀리서 보면 좋아 보이는 땅이 많은데, 막상 가까이 가서 보면 단점이 보이기 마련입니다. 남의 땅을 험담하는 것도 예의가 아니지만, 사라고 적극적으로 권하는데 거절하려면 그 이유가 험담이 되게 마련이지요. 중개사는 값을 깎으려는 의도로 받아들이고, 땅 주인과 값을 절충해 보겠다니 딱한 일입니다. 더구나 땅을 사는 일이 급한 일도 아니었기에 결정을 내리기는 어렵기만 했습니다.

그렇게 2년이 지났지요. 근무하던 복사실의 운영은 외주였는데, 운영권을 어렵게 따냈다고 합니다. 그러나 쉽게 적자 운영을 면할 전망이 보이지 않았지만, 사장은 미련이 남는다면서 1년만 더 근무해 달라고 사정했었지요. 불과 한 달 후에 업무가 무인 시스템으로 바뀌면서 근무를 마치게 되었습니다.

이제 웬만하면 귀촌할 땅을 결정해야겠다는 마음으로 새로운 중개사무소를 찾았습니다. 그날 소개받은 땅에서 지금 살고 있지요. 땅이 마음에 들어서 값도 별로 깎지 않고 흥정을 의뢰했더니, 다음 날에 바로 계약이 이루어졌습니다. 그렇게 어렵기만 했던 일인데, 결말은 너무 싱겁게 느껴지기까지 했지요.

어렵게 구한 땅이고 살아보니 흡족해서, 문천리 252-3번지와의 인연이 소중하기만 합니다.

〈책을 내며 덧붙이는 말씀〉 토지를 매수할 당시에는 지번으로 계약이 이루어졌지요. 나중에 갖게 된 도로명 주소보다 더 정겹게 느껴지기도 하고, 지번을 확실하게 기억하고자 이런 제목으로 글을 써 보았지요.

아호 청도의 변

- 청도산방에서 (6)

학창 시절, 유명 작가에겐 호號가 있다는 걸 알게 되었습니다. 좋아하는 국어 시간이면 유명 문인들의 호를 하나씩 알아가는 즐거움이 있었지요. 제 이름이 조금은 특이해서 이런저런 별명을 얻게 되었습니다. 한두세관이었다가 김포세관도 되었고, 영부인 저격 사건으로 인해 문세광도 되었습니다. 이래저래 마음에 들지 않는 이름이었지만, 당시는 감히 이름을 바꿀 생각은 할 수 없었지요. 그런 상황에서 본명 이외의 호를 갖는다는 것이 참으로 멋지게 여겨졌습니다. 제가 작가의 꿈을 꾸게 된 것도 그 영향이 있었는지 모르겠습니다.

좋은 글을 쓰지 못하지만, 책을 사랑하는 마음이 매우 특별하다고 말씀드릴 수 있습니다. 그런 내용으로 수필을 써서 발표한 적도 있지요. 학창 시절에는 자주 헌책방을 순례하곤 했는데, 저렴한 가격에 갖고 싶은 책을 구한 날의 즐거움은 대단했습니다.

정식으로 저의 자호自號를 소개한 적은 없습니다. 아직도 저 자신을 작가라고 떳떳하게 밝히지 못하는 것과 맥을 같이 합니다. 그냥 작가라고 하면 혹시 비웃지 않을까 싶은 자격지심으로, 필요한 경우에는 무명작가라는 말로 겸손하게 포장하곤 하지요. 첫 작품집을 내고, 팔리지 않은 책을 아낌없이 나누어줄 때는 고마워하는 것으로 만족하기도 했습니다.

제가 호를 갖게 된 것은 매우 오래전의 일입니다. 40년도 훌쩍 넘었으니까요. 글을 쓰는 일과 무관하게 호가 필요하게 되었습니다. 지금 생각해도 당돌한 일이었지요. 특별할 것이 전혀 없는 26세, 만 25세의 풋내기 청년이 호를 갖겠다니 말입니다. 남에게 떠벌리진 않았지만, 알았다면 우습게 여겨질 일이었겠지요.

당시는 5월에 1차 교사 임용 순위고사가 있었습니다. 1순위로 합격했지만, 희소과목이어서 신학년도가 되어야 발령이 난다고 들었습니다. 오랜 기다림의 시간도 아무 걱정 없이 책을 읽을 수 있어서 좋았습니다. 당시 제가 열심히 책을 모으는 걸 알고, 장서인藏書印을 선물하겠다는 고마운 사람이 있었지요. 그 장서인을 위해 갑자기 호가 필요하게 되었습니다.

존경하는 분께 호를 부탁드리고 싶었지만, 쑥스러운 일이기도 하고 엄두가 나지 않는 일이었습니다. 결국 자호를 만들기로 하고, 여러 날 잠을 설쳤습니다. 유명 문인들의 호는 모두 멋지기만 한데, 마음에 드는 호가 쉽게 만들어지지 않았습니다. 후보작이 여러 개 나오고, 하나를 선택하는 과정도 매우 어렵기만 했지요.

제가 직업을 선택할 때도 어려움이 있었습니다. 저의 주 전공은 토목입니다. 당시 건설 경기가 매우 좋아서 건설 회사에 들어가면, 교사보다 세 배 정도의 보수를 받을 수 있었습니다. 따라서 주변 사람들이 모두 적극적으로 건설 회사를 권유했습니다. 심지어 발령을 받아 부임했을 때, 어떤 선배 교사는 어이가 없다는 표정을 지으며 "당장 그만두라."고 말하기도 했었지요.

제가 교사의 길을 택한 것은 도산 안창호 선생님을 존경했기 때문입니다. 그가 남긴 명언이 참으로 많지요. 특히 "낙망은 청년의 죽음이오, 청년이 죽으면 민족이 죽는다."는 말을 좋아합니다.

독립운동을 하던 청년들이 많이 희생당하고, 독립의 가능성이 매우 희박하게 여겨지던 상황에서 하신 말씀이지요. 그는 "오래 장마가 계속될 때면 도무지 날씨가 개지 않을 것처럼 여겨지지만, 언젠가는 장마가 그치는 것처럼 우리에게 반드시 독립할 기회가 온다."고 용기를 북돋아 주었습니다. "일본이 힘에 겨운 전쟁을 더 키워가고 있으니, 전쟁에서 일본은 패망하게 되어 있다. 우리는 맨주먹으로 일제의 총칼에 맞서 싸우려고만 할 것이 아니라, 그 기회를 잡기 위해 힘을 길러야 한다."는 말씀이셨지요. 그 말씀은 훌륭한 선견지명이었습니다.

경제 성장의 밑바탕이 될 건설 현장의 역군으로 일하는 것도 좋겠지만, 국가의 동량을 키워내는 교직의 매력을 포기할 수 없었습니다. 실로 어려운 선택과 함께 굳은 결심도 했습니다. 주변의 많은 반대를 무릅쓰고 선택한 길이기에 절대 후회하지 않겠다고 말입니다. 이런 마음을 연결하여 저의 자호自號가 탄생했습니다. 거창한 표현이 되겠지만, 저의 인생관을 담아낸 셈이었지요.

"국가의 내일을 걸머질 청년들과 함께 내 인생의 길을 가자." 그래서 청도靑道입니다. 어느덧 40년을 훌쩍 넘긴 이야기입니다. 굳은 결심대로 그 선택은 후회가 없습니다. 제 친한 친구 중에서 교직을 택한 사람은 한 사람도 없습니다. 많은 연봉을 받으며 용돈을 풍족하게 쓰는 친구가 부러운 적은 있었지만, 이제 연금을 많이 받는 저를 부러워하는 친구가 더 많습니다.

흥사단의 안 선배님은 제가 귀촌하는 데 많은 도움을 주셨습니다. 취미로 판각도 하시는데, 이번에는 옥호屋號를 판각해서 선물하셨지요. 마음에 들게 잘 새겨진 '청도산방'을 바라보며 풋풋했던 청년 교사 시절을 떠올리는 일도 즐거운 일입니다.

山村의 소확행

- 청도산방에서(7)

어느 책에서 '소확행'이란 말이 있다고 읽었습니다. 소소하지만 확실한 행복을 의미하는 신조어입니다. 모두가 부러워하는 큰 행복은 얻기도 어렵지만, 오래 유지하기가 어렵다고 하지요. 로또의 1등 당첨과 같은 엄청난 행운도 좋은 결말로 이어지는 경우는 거의 없다고 합니다.

큰 욕심을 품고 귀촌을 선택한 사람은 없지 않을까요. 저도 매우 소박한 마음으로 귀촌하였습니다. 그저 스트레스를 받지 않고 자연과 함께하는 산촌 생활을 즐기고 싶은 소박한 마음이었지요.

퇴직하기 전의 어느 이른 봄날, 교정을 거닐고 있었습니다. 아직 봄이라기엔 쌀쌀한 날씨였는데, 양지바른 언덕 밑에서 풀꽃 하나를 발견하였습니다. 자세히 보아야 겨우 눈에 띌 정도의 아주 작은 것이었지만, 찬바람 속에서 피어난 꽃이 큰 기쁨을 주었지요. 그 꽃을 바라보며 문득 가져본 생각이었습니다.

"남의 염병도 내 고뿔만 못하다."는 말이 있는 것처럼, 꽃 농장의 화려한 100만 송이 꽃보다 제가 가꾼 꽃 한 송이가 더 기쁨을 주지 않을까 싶었습니다. 그렇지 않아도 전원생활을 꿈꾸고 있던 참이었지요. 귀촌을 감행하는데 적지 않은 영향을 미쳤다고 여겨집니다.

예전의 농촌과는 달리 경운기나 트랙터의 사용이 늘어나며 큰 사고를 당하는 사람도 많다고 하지요. 저는 귀농이 아닌 귀촌이고 예초기도 없이 살고 있기에 큰 상처를 입을 걱정은 없습니다. 겁쟁이라서 나무에 올라가는 일도 전혀 하지 않습니다.

문제는 익숙하지 않은 일을 하다 보니 작은 상처도 입을 일이 많고, 나이를 먹다 보니 작은 상처도 쉽게 아물지 않습니다. 외출했다가 일찍 돌아오는 날이면 농장을 한 바퀴 돌아보곤 합니다. 눈에 거슬리는 걸 발견하고 그냥 잠깐 한다는 일이 길어지기도 하지요. 그럴 때는 장갑을 끼지 않아서 손을 긁히거나 작은 상처를 입곤 합니다. 밤나무밭이어서 밤 가시가 손에 박히기도 하지요. 워낙 작아서 돋보기를 쓰고 보아도 보이지 않는데, 거의 느끼지 못하다가 어디에 스치거나 손을 씻을 때면 따끔거리곤 합니다.

산골에서 살다 보니, 외출하는 날은 목욕탕에 들르는 날이기도 합니다. 아주 작은 부상이면 몰라도 상처가 웬만하면 목욕탕에 가는 일을 미루게 되지요. 따라서 상처가 없기에 거리낌 없이 목욕탕으로 향하는 것은 제가 만끽하는 소확행입니다. 집에서도 그렇습니다. 작은 상처가 자주 발생하다 보니, 손이나 몸에 밴드를 붙이는 일이 잦습니다. 일을 마치고 샤워를 할 때면 불편을 느끼다가, 밴드를 떼어내고 다시 붙이지 않을 정도가 되면 행복을 느끼지요.

찾아본다면 산촌의 소확행은 많습니다. 방에서 누워 창밖으로 보이는 하늘의 뭉게구름, 비가 갠 오후의 상쾌함, 전화도 없이 근처를 지나다가 들렀다는 친구의 반가운 방문, 무료한 오후에 받아보는 우편물 등 이루 헤아릴 수 없습니다.

글을 쓰고 있는 저에게는 새롭게 연작수필 '청도산방에서'를 집필하게 된 것도 즐거움입니다. '헐~시리즈'가 끝나고 야구광인 문우의 권유로 '수필로 읽는 야구 이야기'를 쓰기 시작해서 책으로 묶게 되었지요. '헐~시리즈'처럼 14편쯤 생각하고 시작했는데, 단일 주제의 특별한 수필집이 조금은 주목을 받아서 큰 기뿜을 주었습니다.

이곳을 찾는 문우들은 한결같이 '산촌 일기'의 집필을 권유하곤 합니다. 글을 써야 할 때면, 글을 쓰는 자체보다 글의 소재를 찾아내는 일이 어렵기만 합니다. 제가 연작수필을 즐겨 쓰는 이유가 바로 여기에 있습니다.

생각해 보니, 이미 산촌에서의 소확행을 주제로 수필을 쓴 일이 있네요. 어느 수필 전문지에서 짧은 수필 한 편을 보내 달라고 해서 쓴 '귀촌과 어린 시절의 추억'이 그것입니다. 역시 소확행의 백미는 이곳 산골짜기에서 바라보는 만월滿月을 감상하는 기쁨입니다. 얼마나 크게 보이는지 신기하기 그지없지요.

산촌의 생활을 글로 써보고 싶은 마음은 진작부터 있었지만, 야구수필을 먼저 마무리하고 싶어서 미루었습니다. 이제 야구수필집 "내일도 홈런"을 펴냈기에 이렇게 '청도산방에서'를 이어가게 되었지요. 시작이 반이라는 말처럼 어느덧 일곱 번째의 글을 마무리하고 있으니 행복합니다. 여기를 방문하는 사람들은 으레 이러한 인삿말을 건네곤 하지요. "이런 곳에 사시니 좋으시겠어요?"

앞으로는 더 열심히 노력해서, 행복하게 사는 모습을 보여드

려야 하겠습니다. 산골의 누옥을 찾아주는 분들이 저에겐 가장
고마운 분들이기 때문에 더 그렇습니다.

〈책을 내며 덧붙이는 말씀〉 지금은 흔하게 쓰는 단어가 소확행이지만, 저
는 이 글을 쓸 무렵에 처음 만났지요. 신세대들이 줄임말을 애용한다고 하
는데, 지금은 새로 생겨난 모르는 단어들이 수두룩하지요.

청도산방의 봄

- 청도산방에서 (8)

산촌의 봄은 새 생명이 움트는 희망의 계절이지요. 어머니께서는 "봄이면 죽었던 나무가 모두 살아나는데, 어찌해서 사람은 한번 가면 돌아오지 않느냐?"고 탄식하시곤 했습니다.

봄이 기다려지는 것은 산골이 유난스레 춥기 때문이기도 합니다. 재미있는 말이 하나 떠오릅니다. "내복을 4월에 벗으면 40대, 5월에 벗으면 50대, 6월에 벗으면 60대."라는 말입니다. 제가 어느 자리에서 이 이야기를 했더니, 말을 받는 상대방의 말도 재미있습니다. "맞아요. 80대는 8월에도 내복을 입어요." 그 말이 맞는다면 3월에 내복을 벗는 저는 30대인 셈이니, 기분이 좋아지는 말이기도 합니다.

젊은 시절에는 한 겨울에도 내복을 입지 않았습니다. 단독주

택에 살 때는 내복이 필요했지만, 아파트로 옮기고 자동차로 출퇴근하게 되면서 내복을 입지 않아도 좋았습니다. 그러다가 환경운동연합의 운영위원으로 활동하면서 '내복 입기 운동'에 동참하게 되었지요.

저는 운전을 하며 내다보는 차창 밖의 풍경에서 먼저 봄을 느낍니다. 2월 중순이면 아직 겨울이지만, 운전을 하며 내다보는 차창 밖의 풍경은 봄기운이 물씬 묻어나지요. 언젠가 문우들과 이른 봄나들이를 할 때 같이 불렀던 '산 너머 남촌'의 가락이 들려오는 듯합니다.

부지런한 농부는 2월 중순이면 일을 시작합니다. 이곳 정안의 특산물이 밤이기에, 밤나무 전지 작업을 먼저 하게 되지요. 평생 농사밖에 모르고 살아오신 어르신은 겨울에도 가끔 밭을 돌아보십니다. 매일처럼 오시던 직장인 셈이기에 궁금했나 봅니다. 아직 봄이라기엔 이른 차가운 날씨이지만, 조금 풀렸다 싶으면 기다렸다는 듯이 오셔서 전지도 하고 미리 비료도 뿌리시지요. 제가 벌써 일을 시작하시냐고 하면, 너무 심심해서 놀이삼아 하신다는 답변입니다. 어쩌면 제가 책 읽는 걸 즐기듯이 일을 즐기시나 봅니다.

귀촌하기 전까지 평생 학교만 다녔기에 3월을 맞는 감회가 특별합니다. 마치 농사가 시작되는 봄을 맞는 농부의 마음과 같겠지요. 3월과 함께 양지바른 곳에서는 쑥을 비롯한 갖가지 새싹들이 앞 다투어 올라옵니다. 마치 새 생명의 탄생을 지켜보듯이 가슴이 뭉클합니다. 단단한 땅을 뚫고 올라오는 여린 싹의 놀라운 힘이야말로 생명의 경외감을 갖기에 충분합니다.

봄은 갖가지 나물이 식탁을 풍요롭게 합니다. 집 주변에서도 쉽게 얻을 수 있는 것들이 많습니다. 맛도 맛이지만 그 향기에 취하며 봄을 만끽하게 됩니다. 제가 즐기는 것으로는 쑥, 두릅, 돌나물, 뽕잎, 냉이, 달래, 머위 등이 있습니다. 어머니가 살아계실 때, 가장 맛있다고 하시던 홑잎이나 같이 근무하던 사람이 가장 좋아한다는 다래 순도 조금만 걸으면 얻을 수 있지만, 가까이에도 맛있는 것이 지천이니 굳이 찾아갈 이유가 없지요.

봄은 야생화의 계절입니다. 아직 응달에는 잔설이 남아있지만, 양지바른 곳에서는 복수초가 먼저 봄의 시작을 알립니다. 생강나무꽃도 일찍 꽃망울을 터뜨리고, 들에서는 봄을 맞아들인다는 의미의 영춘화迎春花, 개나리가 앞 다투어 피어납니다. 매화, 진달래, 목련화, 영산홍, 아카시아, 밤꽃 등이 뒤를 잇지요. 그밖에도 다 열거할 수 없을 정도로 종류는 다양하기만 합니다.

꽃이 진다고 슬퍼할 이유는 없습니다. 꽃 못지않게 아름다운 신록이 바통을 이어받기 때문입니다. 일찍이 이 고장에는 '춘 마곡춘 麻谷, 추 갑사秋 甲寺'란 말이 있지요. 신록이 가장 아름답기로는 마곡사를 꼽을 수 있고, 단풍은 갑사가 최고라는 뜻입니다.

물론 어느 산이나 신록과 단풍은 아름답기 마련입니다. 그러나 다양한 수종의 숲은 신록이 더욱 아름답습니다. 새잎이 피어나는 차이에 따라 담록淡綠을 달리하면서, 신비롭게 조화를 이룬 아름다움을 자아내지요.

마곡사는 10분 거리인데, 더 가까운 광덕사의 신록도 마곡사에 못지않습니다. 해마다 4월 마지막 토요일에는 천안문인협회에서 주최하는 운초추모문학제가 열리고 있지요. 얼마 전부터 온난화의 영향으로 계절이 당겨져서 4월 말이면 신록의 아름다움을 만끽하기에 손색이 없습니다. 저는 이곳에 귀촌하기 전에도 이 행사에 개근하다시피 했는데, 신록을 감상하는 기쁨 때문이기도 하지요. 봄은 귀촌의 즐거움을 만끽하게 하는 계절입니다.

도서관과의 인연

- 청도산방에서 (9)

우리나라의 국가적 위상이 몰라보게 높아졌습니다. 참으로 흐뭇한 일이지요. 어떤 책에서 보니, 우리가 이렇게 잘 살고 있는 것을 전 세계가 다 알고 있는데, 우리만 모르고 있다고 하더군요. 물론 여러 방면에서 다양하게 기여한 바가 있겠지만, BTS를 비롯한 예술인들이 문화 강국의 위상을 높인 점도 크게 작용했다고 봅니다. 저는 우리나라가 문화강국이라는 말을 들으면, 고마운 도서관을 생각합니다. 학창시절부터 평생 도서관을 애용해 왔기 때문입니다.

새삼스럽게 생각해 보니 저는 도서관과 인연이 매우 깊습니다. 저의 중학교 시절만 해도 매우 책이 귀했지요. 중고등학교

병설이어서 도서관의 규모도 컸고 시설도 좋았습니다. 특히 집보다 공부에 집중할 수가 있어서 성적을 올리는 데 큰 도움을 주었습니다.

도서관이 아니었으면 제 인생이 달라졌으리라는 생각을 하게 됩니다. 당시 도서관 벽에는 큰 글씨로 쓰인 "사람이 책을 만들고 책이 사람을 만든다."는 액자가 걸려 있었는데, 어쩌면 이 구절이 오늘의 저를 생각하게 합니다.

고등전문학교 시절에는 학교 도서관의 사서를 도와 도서 관리를 위해 봉사했지요. 4학년 때는 아버지가 갑자기 돌아가셨는데, 교수님께서 같은 재단 중학교 도서실의 야간 근무를 알선해 주셨습니다. 더 고마운 것은, 이미 근무하고 있는 학생을 설득하여 그 자리를 저에게 물려주게 한 것입니다. 알고 보니 그 학생은 급우였지요. 제가 미안하지 않도록 웃으며 근무 요령을 알려준 일도 잊을 수 없습니다.

낮에 근무하는 사람은 야간대학에 다니고 있어서, 수업이 끝나면 뛰다시피 달려가야 했습니다. 열 시에 퇴근하고 저녁을 먹으려니, 처음에는 배고픔을 견디기가 힘들었습니다. 고생해서 받는 봉급을 값지게 쓰고 싶어서 18개월 동안 전액을 모았습니다. 덕분에 대학교 3학년에 편입할 수 있는 용기를 낼 수 있었지요. 어머니가 보따리 장사를 해서 전문대학까지 졸업시켰으면

감지덕지할 일이었지만, 제가 다닌 서울시립대학교는 등록금이 사립대학의 1/3 정도여서, 모아진 돈이 1년 등록금이 되었습니다. 남는 1년은 아르바이트로 버틸 생각이었고, 여의치 않으면 군대부터 다녀올 마음이었습니다.

퇴직하기 전에도 도서관을 열심히 애용했습니다. 학교 도서관도 자주 드나들며 읽을 만한 책은 거의 다 읽었지요. 제가 담당한 과목은 시수가 적어서 '창의적 재량활동'을 맡았는데, 이 시간에 독서 지도를 하느라 거의 매일 도서관을 찾았습니다.

저는 과목 특성상 보충수업이 없어서 16시 30분이 퇴근인데, 각종 모임은 19시인 경우가 대부분이지요. 따라서 두 시간 정도의 빈 시간을 가까운 도서관에서 보내곤 했습니다. 또한, 주말이나 방학이면 으레 도서관으로 출근하다시피 했지요.

퇴직하고 2년 동안 국립세종도서관 복사실에서 근무할 때가 가장 좋았던 시기로 회고합니다. 업무는 주로 복사 카드를 판매하거나 충전하는 일이었는데, 자리를 비우기 어려운 것은 오히려 장점으로 여겼습니다. 붙잡혀 있어야 책도 많이 읽고, 글도 더 쓸 수 있으리라 여겼기 때문이지요. 퇴직 전에 미루어 두었던 일이기도 합니다.

초창기여서 업무에 종사하는 시간은 채 한 시간도 되지 않았습니다. 그것도 오전에는 오롯이 제 시간이었지요. 아홉 시까지 출근하면 되지만, 쾌적하고 조용해서 글을 쓸 욕심으로 일곱 시면 출근했습니다. 아침 일찍 청소를 하느라 문이 열리는 시간입니다.

미국 메이저리그 야구를 마음껏 즐길 수 있었고, 혼자 근무하니 누구의 눈치를 볼 일도 없었으며, 우리나라에서 발행되는 모든 출판물을 쉽게 접할 수 있어서 좋았습니다. 1년 동안은 『대전흥사단50년사』 편집과 집필을 맡았지요. 모든 일이 컴퓨터로 이루어지는 일이어서, 근무하며 할 수 있는 안성맞춤이었습니다. 약정한 금액보다 많은 집필 수당을 주어서 적은 봉급을 보충해 주기도 했지요.

요즈음 제가 다니는 도서관이 세 곳인데, 재미있는 것은 모두 똑같이 25분이 걸립니다. 세종도서관은 자료가 풍부하고, 가끔 일이 있는 유성에 다녀오다 들르곤 하지요. 공주도서관은 종이만 가져가면 프린터를 쓸 수 있으며, 공주 시내에 볼일이 있을 때 다녀오면 좋습니다. 천안 신방도서관은 아침 7시 반부터 노트북실을 이용할 수 있는 것이 장점이지요. 천안은 40년 가까이 살았던 곳이어서, 자주 생기는 볼일을 전후해서 편리하게 이용할 수 있습니다.

천안시가 더욱 고마운 것은 열 개가 넘는 도서관 중, 반은 1·3주 월요일에, 나머지 반은 2·4주 월요일에 휴관하기 때문에 연중 이용 불가능한 날이 공휴일을 빼고는 없다는 점입니다. 고마운 것은 또 있지요. 보고 싶은 책이 비치돼 있지 않으면, 구매 신청이 가능하다는 점입니다.

예전 학창 시절이 떠오릅니다. 대전에 공공도서관이라고는 하나밖에 없었는데, 시험 기간이면 꼭두새벽에 먼 거리를 걸어가서 줄을 서야 했지요. 또, 적은 돈이지만 입장료를 내야 했던 당시를 생각하면 오늘날의 도서관이 더없이 고맙기만 합니다.

더 특별하게 고마운 이유가 있습니다. 저는 책을 읽거나 야구 중계를 보는 것을 빼고는 다른 취미가 없고, 사교성이 떨어져서 친구도 별로 없지요. 도서관이 아니었으면 참으로 따분한 삶을 살 수밖에 없었을 것입니다.

날마다 가는 消風
- 청도산방에서 (10)

　'소풍'이란 단어는 지금도 설렘을 줍니다. 퇴직하기 전, 몇 명의 문우들과 바람을 쏘이는 나들이가 큰 즐거움이었지요. 요즈음 젊은이들 말로 하면 번개팅을 자주 가졌습니다. 또 회원의 혼사가 있으면 점심을 먹고 그냥 헤어지기 섭섭해서, 몇 명이 팀을 이루어 가까운 곳을 찾아가곤 했습니다. 천안에서 승용차로 30분 정도면 갈 수 있는 곳이 많이 있지요.

　문학기행이라는 이름의 나들이는 어린 시절의 명절처럼 손꼽아 기다리기도 했습니다. 천안수필문학회나 천안문협 회원들과, 전국의 이름난 곳을 찾아다닌 것이 어언 20년이 넘었습니다. 이제 웬만한 곳은 다 다녀와서 새로운 곳을 물색하기가 어려울 정도이지요.

그간 다녀온 곳들이 멋진 추억과 함께 파노라마처럼 떠오릅니다. 첫 문학기행으로 다녀온 지리산과 섬진강, 1억4천만 년 전의 모습을 지니고 있다던 우포늪, 외국처럼 느껴지는 풍광을 자랑하던 인제 자작나무숲, 먹거리가 매우 풍성했던 정선 5일장, 한없이 깊은 골짜기에 오직 하나뿐이던 평창의 멋진 펜션, 거제도의 신비롭던 해안 절벽, 뜸부기국을 꼭 먹어야 한다던 진도 등을 꼽아봅니다. "좋은 여행은 어디를 가느냐가 아니라, 누구와 가느냐에 달려 있다."는 말이 있지만, 찾아간 모든 곳이 다 좋은 여행지였습니다. 참고로 위에서의 뜸부기는 동요에 나오는 새 이름이 아니라, 해초海草입니다.

귀촌하고 집에 있으면서 책을 읽거나 글을 쓰다가 눈이 피로해지면 산책을 나섭니다. 1분만 걸으면 하늘만 빠끔한 심산유곡입니다. 울울창창한 숲속, 골짜기여서 바람도 시원합니다. 하루에 몇 차례씩 다녀오기도 합니다. 그야말로 날마다 즐거운 소풍을 가는 셈이지요. 예전에 자주 가던 휴일의 봉서산은 시장처럼 많은 사람으로 북적였습니다. 따라서 아는 사람을 만나는 경우가 많았는데, 여기는 저 혼자만의 전용 산책로입니다.

대학교 시절에 들었던 철학 강의는 기다려지던 시간이었습니다. 교수님께서는 좋은 사색의 시간을 위해 산책을 권하곤 하셨습니다. 지금도 선명하게 기억나는 것은 과수원 뒤의 한적한 길을 '철학자의 길'로 명명했던 일입니다. 기숙사 생활을 하며 아침 운동으로 그 길을 거쳐 매일같이 배봉산에 오르곤 했습니다.

청년은 꿈을 먹고 살지만, 노인은 추억을 먹고 산다고 했던가요. 한적한 길을 걸으며 풋풋했던 학창 시절을 떠올리는 것도 즐거운 일입니다. 재미있는 추억도 있습니다. 가을에 과수원의 배가 익을 때면 산에서 내려와 배의 시원한 맛을 즐길 수 있었습니다. 당시 배 한 개의 가격이 50원이었는데, 둘째 날은 변죽이 좋은 친구가 매일 오겠으니 50원에 두 개를 달라고 떼를 썼지요. 주인께서는 "50원에 두 개를 주면 적자인데 매일 오면 뭐하냐? 오늘만 먹고 가고, 앞으로는 절대로 오지 말라."고 해서 크게 웃었던 일이 있지요.

산책할 때면 떠오르는 일이 또 있습니다. 앞에서도 말씀드린 대로 문학기행은 참으로 즐겁고 흐뭇한 나들이입니다. 한 문우는 아름다운 경치가 펼쳐지거나 호젓한 길을 다정하게 걸을 때면 꼭 하는 말이 있지요. "우리 모두 내일 출근하지 말고, 하루만 더 놀다 갑시다." 현실성 없이 그냥 해보는 말이었지만, 정말 그럴 수 있다면 얼마나 좋을까 싶은 마음이었습니다. 언제일지 모를 일이지만, 몇몇 문우들과 여행을 떠났다가 의기투합하여 일정을 하루 늘리는 그런 꿈을 꾸었지요.

현직에 있을 때는 주말에 섬 여행이 어려웠지요. 만일 날씨 사정으로 나오지 못하면 월요일에 출근할 수 없기 때문입니다. 다른 직장과는 달리 학교는 새로운 한 주가 시작되는 월요일에 결근하면 업무에 많은 지장이 있기도 합니다. 퇴직 후에는 갑작스러운 생활의 변화가 어색하기도 하고 두렵기도 했지요. 이제 자유로운 생활에 익숙해지다 보니, 이제 그런 생활을 다시 하기는 어려울 듯합니다. 사람처럼 간사한 동물이 없다고 했지요. 현직에 있을 때는 퇴직 후에 닥쳐올 변화를 두려워했는데, 금방 이렇게 생각이 바뀌었으니 말입니다.

사람처럼 간사한 동물이 없다는 말을 생각하게 됩니다. 집에 며칠 있으면 외출하고 싶고, 연이어 밖에 일이 생기면 귀찮게 여겨지니까요. 이제 생각을 바꾸어야겠습니다. 집에 있으면 편해서 좋고, 밖에 일이 생기면 소풍으로 여겨야겠습니다.

　귀촌 초기에는 길에서 좀 떨어져 있는 저의 집이지만, 지나다가 들르던 어르신이 더러 있었습니다. 제가 찾아뵙고 인사를 드려야 하는데, 급하게 해결해야 할 일도 많았고 이러저러한 이유로 쉽지 않았지요. 거꾸로 저를 찾아주시니 고마웠습니다. 제가 사교성이 떨어지기도 하지만, 이제 그런 경우가 거의 없어서 더욱 섬처럼 느껴지는지도 모르겠습니다.

둘째 마당

청도산방의 여름

초보 농사꾼의 변명

- 청도산방에서 (11)

농촌에 살다보니 6월이면 으레 가뭄 걱정을 하게 되지요. 올해 이른 봄엔 자주 풍족한 비가 내리더니, 최근에는 한 달이 훌쩍 넘도록 전혀 비라고는 구경도 못했습니다. 들깨를 이식하려면 풍족한 비가 필요하다고 합니다. 모는 훌쩍 자랐는데, 비가 내리지 않아서 큰일이라며 만나는 사람마다 걱정이 태산입니다.

귀촌하고 듣게 된 비와 관련한 재미있는 말이 많습니다. 비가 적게 내리면 "게으른 농부, 일하기 싫을 만큼 내린다."고 하고, 꽤 내린 듯해도 성이 차지 않으면 "땅에서 먼지가 나지 않을 만큼 내렸다."고 합니다. 더 재미있는 말도 있지요. 비가 오는 둥 마는 둥 하면 "쇠코에 땀이 나듯 한다."고 합니다.

가뭄 끝에 내리는 비가 '단비'인 줄은 알았지만, 밭농사에 큰 도움을 주는 비는 '금비'라 부르는 걸 보고 농부의 절실한 마음을 읽을 수 있었습니다. 지하수 개발을 통해 요즈음에는 논농사의 가뭄 걱정이 줄었지만, 밭농사는 관수灌水 시설이 부족한 실정이지요.

남에게 당당해지려면 핑계 없는 사람이 되라고 배웠습니다. 가물어도 무성하게 자라는 잡초는 저를 핑계가 많은 사람으로 만들었습니다. 제초제를 전혀 쓰지 않다 보니 그야말로 여름은 잡초와의 전쟁입니다.

흉허물이 없는 친한 친구는 핀잔을 주기도 합니다. 저는 간섭하지 말라는 뜻으로 "내가 내비교의 교주인데?"라고 응수했습니다. 제가 생각해도 멋진 대응입니다. 교주에게 감히 핀잔을 하다니 말입니다.

잡초를 방치하다 보니 땅은 그 씨앗들의 범벅이 됩니다. 밤나무 그늘은 그래도 덜한데, 텃밭은 잡초가 먼저 무성하게 자라서 농사가 되지 않습니다. 묘로 심는 고추나 고구마도 작황은 말이 아니지요. 이러한 모습을 자세히 살펴보는 사람에겐 민망하기만 합니다. 변명하기도 부끄럽고, 웃음이라도 선사하기 위해 이런 변명도 해 보았습니다. "야구 선수도 포지션마다 경쟁을 통해서 기량이 발전할 수 있는 것처럼, 작물을 강하게 키우기 위해 잡초와 경쟁을 시키고 있습니다. 여기는 그런 실험농장입니다."

평생 농부로 살아오신 이웃의 노부부에겐 매우 부끄럽습니다. 잡초가 무성한 제 밭과는 너무나 대조적으로 잡초는 발붙일 틈을 주지 않습니다. 처음 찾아온 어느 친구가 "네 땅의 경계가 어떻게 돼?"라고 묻기에, "풀 많은 땅은 내 땅, 풀이 없는 땅은 남의 땅"이라고 대답을 하며 웃기도 했지요.

하루는 어르신께 정중하게 말씀을 드렸지요. 농사를 지어보고 싶어서 온 것이 아니라 그저 조용하게 살고 싶어서 온 것이니, 속으로 너무 흉보지 말아달라고 말입니다. 대답이 재미있습니다. 처음 만날 때부터 이미 알아봤다는 것이었지요.

땅을 물려받지 못해서 고생한 말씀을 들은 적이 있기에, 잡초가 무성하게 방치하고 있는 것은 참으로 부끄러운 일이었습니다. 한 뼘의 땅도 놀리지 않고 알뜰하게 가꾸는 모습을 보면 "농부에게 땅은 목숨과도 같은, 어쩌면 신앙인지도 모른다."는 생각을 했지요.

새삼스레 가져보는 생각입니다. 잡초를 방치하는 저의 '천하태평 농법'이 자신에게라도 덜 부끄럽기 위한 방법이 무엇일까 하는 것이지요. "이곳을 방문하는 사람들은 저와 친분이 두터운 사람이라 할 수 있습니다. 그들은 으레 조용히 글을 쓰기 딱 좋은 곳이라고 말하곤 했었습니다. 그렇다면 좋은 글을 쓰기 위해 노력하는 것이 유일한 대안이라고 여기기로 했습니다.

어머니의 외상 장부

- 청도산방에서 (12)

귀촌하면서 농촌의 노령화 현상을 실감하게 되었습니다. 도시에서 만나는 여자들은 연세가 드셨어도 대부분 화장을 한 모습이었지요. 여기에서는 자주 할머니들의 민낯을 뵙게 되는데, 그럴 때마다 생전의 어머니 모습을 떠올리곤 합니다.

초등학교 때 교과서에 실렸던 내용을 떠올리는 경우도 있었습니다. 어느 신사가 눈 내리는 길목에서 돌아가신 어머니를 닮은 노인을 만나, 발걸음을 멈추고 한참을 서 있었다던 내용이었지요. 저도 그런 경험을 하고 울컥한 적이 있었습니다.

반세기가 훌쩍 넘은 이야기입니다. 깊은 산골짜기 마을인 제 고향에서는 중학교 진학조차 매우 어려웠습니다. 우선 입학시

험을 통과하는 일부터 쉽지 않았지요. 고향 마을에 80가구 정도가 살고 있었지만, 제 선배들은 몇 년에 한 명 정도나 가능했던 일이었으니 말입니다.

그야말로 수재이거나 동네 부자라는 말을 듣는 집이라야 중학교에 보내는 것으로 알았습니다. 그것도 아들이라야 가능했던 일이어서 제 여자 선배들 중에서는 중학교 진학자가 전무했습니다. 수재도 아니고, 동네 부자도 못되면서 중학교에 진학한 행운아가 바로 저입니다.

부모님께서는 농사를 지어보아야 식량도 부족했기에, 학업을 뒷받침하기 위해서 고향을 뜨셨습니다. 우리 형제에게 자취방을 얻어주고, 시골 마을로 체를 만들어 파는 행상을 다니셨지요. 당시는 교통편도 열악해서 그 무거운 짐을 지고 무조건 걸어야 했던, 이루 말할 수 없는 고난의 행군이셨습니다.

얼마 후에는 대전에 정착하여 아버지는 체를 만드시고 어머니는 변두리로 행상을 다니셨습니다. 오히려 시골로 다닐 때보다 장사가 잘된다고 좋아하신 것도 잠시였습니다. 감기몸살인 줄 알았던 아버지의 병세가 갑자기 악화되더니, 입원한 다음 날 돌아가시고 말았지요.

그야말로 천붕지통天崩之痛이었습니다. 저축한 돈도 없어서 학업의 중단마저 고민할 처지가 되었지요. 며칠 후에 이모부가 찾아오셨습니다. 이모부도 체를 만들어 장사하신 적이 있기에 저에게 그 기술을 전수해 주려는 의도였습니다. 아버지가 하시던 일을 항상 지켜보았기에 기꺼이 대답하고, 체의 제작을 시도해 보았습니다. 그러나 간단해 보이던 그 일이 간단치 않았지요. 서툰 솜씨로 몇 번 더 시도해 보아도 소용없었지요. 지켜보던 어머니는 울먹이며 그만두라고 했고, 저는 울음을 터트리고 말았습니다.

이제 어머니께서는 물건을 사다가 장사를 해야 했습니다. 아버지가 만들어주는 것보다 이문利文도 박했지만, 상품의 질이 떨어지기 때문에 매우 속상해하시던 기억이 아직도 가슴을 아리게 합니다.

또 하나의 문제가 발생했습니다. 돈이 귀한 시절이기도 했지만, 농민을 주로 상대하는 장사여서 대부분 외상거래였지요. 문제는 어머니가 문맹이라는 점입니다. 아버지가 계실 때는 그날그날 거래 내용을 불러주는 대로 정리하면 되었지만, 기억력이 뛰어난 어머니도 그 많은 내용을 오래 기억하시는 데에는 한계가 있었습니다.

"궁하면 통한다."는 말이 있지요. 어머니께서는 혼자만 아는 기호로 외상 장부를 만드실 수밖에 없었습니다. 장사를 다녀오시면 잊어버리지 않으려고 장부부터 어렵게 정리하셨는데, 그 걸 지켜보는 일은 갑갑하기 짝이 없는 일이었습니다.

어머니께 한글을 가르쳐 드리려고 시도한 적이 있긴 했었습니다. 제 어머니가 둔한 사람은 아니었는데, 이상하리만큼 한글 공부는 어렵게 생각하셨습니다. 한글의 기본을 설명하려고 하면 "아이고, 나 못해!"라며 물러나 앉으시니 참으로 딱한 일이었지요.

요즈음 아주 늦은 나이에 한글을 깨우친 어르신들의 이야기를 종종 듣게 됩니다. 그럴 때마다 명색이 교사이면서 어머니께 한글을 깨우쳐드리지 못한, 그래서 불편하게 세상을 사시게 한 일이 더없는 한으로 남습니다.

글을 쓰다가 스스로 깜짝 놀라고 말았습니다. 어머니가 하늘나라로 가신 게 엊그제 같은데, 어느덧 40년의 세월이 흘렀으니 말입니다. 고생만 하시다 식량 걱정을 면하게 되자, 돌아가신 어머니 생각에 아직도 가끔 울컥해지곤 합니다.

어머니를 잃은 상처는 50년의 세월이 흘러야 아문다고 했던 말이 떠오릅니다. 이제 앞으로 10년 정도의 세월만 견뎌낸다면, 정말로 저의 이 깊은 상처가 깨끗하게 아물 수 있을까요?

저는 부모님을 비롯한 친가의 여러 어른들이 모두 단명하셔서, 70세까지만 살면 여한이 없겠다는 말을 한 적이 있습니다. 앞에서 드린 말씀이 맞는지 확인하려면 앞으로 10년은 더 살아 보아야겠지요.

멍때리기를 아십니까

- 청도산방에서 (13)

기상천외한 일이 많은 세상입니다. 저에겐 '멍때리기대회'도 그렇게 느껴졌습니다. 잘 알려지지 않은 이 대회가 성황을 이루었을 뿐만 아니라, 국제대회까지 열리고 있다고 해서 더욱 의아했습니다. 참가자는 할아버지부터 어린이에 이르기까지 매우 다양한데, 현대인의 지친 뇌를 쉬어가게 하자는 취지라고 합니다.

"아무 생각 없이 멍하게 있다."는 뜻이지요. 대회 요강을 간단히 말씀드리면, 세 시간 동안 그저 가만히 앉아있는 것입니다. 물론 상을 받기 위해서는 표정의 변화도 전혀 없어야 합니다. 안정된 상태를 지속해서 유지하여, 심박 수가 가장 고르게 나온 사람이 우승을 차지합니다. '쉽고도 어렵다.'는 말이 있는데, 바로 멍때리기를 가리키는 것이 아닐까 싶습니다.

　요즈음 비속어를 사용하며 전문용어라고 포장하는 사람이 있더군요. 멍때리기를 진짜 전문용어로 표현한다면, 무념무상無念無想이나 무아지경無我之境이 아닐까요. 우리가 쉽게 쓰고 있는 말이긴 하지만, 그런 경지에 들어서기는 매우 어려운 일입니다. 오랜 기간 산사에서 수행 정진한 스님이라면 몰라도 우리 속인으로서는 이르기 어려운 경지이겠지요. 저는 템플스테이에 꽤 여러 차례 참여하였습니다. 입정 시간에 큰 노력을 기울였음에도 완벽하게 잡념을 떨쳐내긴 어려웠습니다.

　요즈음 소확행이란 신조어를 만났습니다. 큰 욕심 때문에 귀촌한 사람은 없지 않을까요. 저도 소소한 행복을 얻고자 귀촌해서, 작은 텃밭을 가꾸고 있습니다. 농장 대부분이 밤나무 밭이어서 잡초가 무성해도 괘념치 않습니다. 그저 무늬만 농사꾼인 채, 수시로 멍때리기를 즐기고 있지요. 생각해 보니 별스럽지 않은 이것이 바로 행복이라고 여겨집니다. 작은 걱정거리라도 있거나 조금만 몸이 불편해도 어려운 일이니까요. 유유히 흘러가는 하늘의 뭉게구름을 보며, 때로는 그 구름이 그려내는 그림을 감상하며, 시간 가는 줄 모르고 마냥 앉아 있곤 하지요.

　뒷산의 잘생긴 금강송을 바라보면 어떤 문우의 말이 떠오릅니다. 제가 "남의 산에 있는 소나무이지만, 오롯이 혼자 즐기고 있다."고 자랑하자, 이런 산촌에서야 눈에 띄는 것은 다 내 것이 아니겠냐고 고맙게 말을 받았습니다.

천안논산고속도로의 차령터널 구간은 교통 체증이 심한 곳으로 유명합니다. 명절 연휴엔 집 앞의 좁은 도로가 그 우회도로 역할을 하지요. 명절을 앞두고선 하행선이, 명절 연휴가 끝나갈 때면 상행선이 주차장으로 변합니다. 그 많은 차량 행렬을 바라보며 저는 '군중 속의 고독'이란 말을 떠올립니다.

멍때리기에 좋은 대낮의 고즈넉함도 행복입니다. 이따금 고라니가 내려와 뛰어다니며 정적을 깨긴 하지만, 그것도 여기에서만 즐길 수 있는 일이겠지요. 정적을 깨는 것이 또 있습니다. 갖가지 산새들의 지저귐입니다. 그럴 때면 김상용의 시를 떠올립니다.

"…… 새 소리는 공으로 들으랴오/ 강냉이가 익걸랑/ 함께
와 자셔도 좋소/ 왜 사냐건 웃지요."

저의 단점은 부족한 사교성입니다. 붙임성이 좋은 사람은 초면에 이것저것 묻기도 하지요. 저에겐 가장 신기하고도 부러운 사람입니다. 학교에 근무하며 전근이 가장 두렵고, 부임한 학교에서는 많이 긴장하곤 했습니다. 제가 조용한 산촌으로 귀촌한 것도 이런 성격이 작용했겠지요.

요즈음의 제 생활은 은거에 가깝습니다. 출타할 일이 있으면 남는 시간에 도서관에 가거나, 뜻이 맞는 친구와 단둘이 만나 시간을 보내는 정도이지요. 여럿이 어울리다 보면 마음의 상처를 받는 때가 있어서, 그런 모임은 참석을 망설이게 됩니다. 은퇴하고 행복하려면, 혼자 즐길 수 있는 지혜가 필요하다고 했지요.

모를 일이지요. 워낙 기이한 일이 많은 세상을 살고 있으니 말입니다. 잘하면 올림픽 종목으로 채택될 지도 모를 멍때리기를 더 열심히 즐기면서, 자연과 더불어 유유자적 살아가렵니다.

여기가 금란구곡

- 청도산방에서 (14)

귀촌을 꿈꾸며 적은 돈으로 마음에 드는 땅을 찾는 일은 지난至難한 일이었습니다. 면사무소가 있는 광정에서 이곳까지 하천을 따라 올라오는 거리는 먼 거리였지요. 길에 익숙한 공인중개사가 속력을 냈지만, 6분 정도가 소요됐으니까요.

땅을 소개하는 공인중개사들은 과장이 심한 편입니다. 매우 가깝다고 했던 길이, 알고 보면 꽤 멀게 느껴지곤 했습니다. 차로 가는 길이 5분만 넘어가면 멀게 느껴지곤 했는데, 처음 가는 길이어서 더 그런지도 모르겠습니다. 그러나 이곳 땅을 보러오던 길은 멀게 느껴지지 않았습니다. 저와 인연이 되려고 그랬을까요.

이제 생각해 보니 그럴만한 이유가 있었습니다. 우선 몇 번 지나다닌 조금은 익숙한 길이었고, 멀어질수록 저의 연고인 천안은 곡두터널을 이용하면 더 가까워지는 셈이었으니까요. 더 큰 이유가 있습니다. 온양에서 근무할 때, 대전이나 고향인 금산에 가기 위해 통과했던 길이지요. 볼 일을 마치고 돌아가는 길은 천안으로 직행하게 되기에 이 길을 이용하지 않았습니다. 따라서 내려가며 바라보던 경관은 좋은 줄 몰랐는데, 올라오며 바라보는 산세山勢가 매우 아름다웠습니다. 더구나 낯선 길을 직접 운전하느라 경치를 감상할 겨를이 없었는데, 공인중개사의 차를 타고 바라보는 풍경은 달랐습니다.

대전 쪽에서 저를 찾아오는 사람들의 첫 인사는 한결같습니다. 하천을 따라 올라오는 주변 풍경이 너무나 아름답다는 것이지요. 저는 이곳의 상류 쪽으로는 공장이나 축사가 전혀 없는 최상의 청정지역이라고 자랑하곤 합니다. 차로 3분만 가면 천안에서도 많은 사람이 이용하는 약수터가 있고, 7대 천년 고찰이자 유네스코 문화유산으로 등재된 마곡사가 10분 거리에 있다는 자랑이 이어집니다.

귀촌할 곳으로 이곳을 너무나 쉽게 결정했지만, 3년이 넘게 살아오면서 결코 후회한 적이 없으니 얼마나 다행스런 일이겠습니까.

가을은 밤 수확으로 바쁘기도 하지만, 문학 행사를 비롯한 각종 행사가 몰려 있지요. 그렇게 숨 돌릴 틈이 없다가 겨울철로 접어들면 반 은둔隱遁 생활이 시작됩니다.

정안 작은 도서관의 책을 1주일에 다섯 권씩 빌려다 읽고, 다독상을 받기도 했습니다. 이제 공주시내에 있는 시립도서관으로 책을 빌리러 다니고 있는데, 반가운 것은 '향토작가코너'가 따로 만들어져 있었습니다. 충남문인협회 회원으로 활동하며 잘 알고 지내는 몇 분과 이웃 마을에 사는 소설가의 저서를 만날 수 있었습니다. 아무래도 친분이 있는 사람의 저서는 애정을 갖고 읽게 마련이지요.

또한, 제가 정 붙여 살게 된 공주와 관련된 책을 정독하게 되었습니다. 나태주 원장님이 지으신 『공주 멀리서도 보이는 풍경』과 조동길 교수님의 『공주의 숨과 향』이 그것입니다.

책을 읽다가 눈이 번쩍 뜨이는 일이 발생했습니다. 제가 살고 있는 바로 이곳이 옛날 금란구곡金蘭九曲으로 유명한 명승지였다는 것이 아니겠습니까. 3년 넘게 살아오는 동안 이 마을이나 공주 시내에서 많은 사람을 만났지만, 그런 이야기를 전혀 듣지 못했으니 매우 놀랄 일이었습니다. 특이한 것은 다른 명승지의 팔경八景 혹은 십경, 구곡은 대부분 지명을 땄는데, 이곳은 예외이지요.

이렇게 금란구곡으로 부르게 된 연유는 두 가지 설이 있다고 하네요. 하나는 역경易經의 금란지교金蘭之交에서 따왔다는 설입니다. 옛 선비들이 관직을 버리고 명승지를 찾아 은거할 때,

멀리서 벗들이 찾아와 시담詩談을 나누는 것이 가장 큰 즐거움이었다는 점에서 충분히 유추할 수 있겠지요.

다른 하나는 월산리의 옛 지명인 '소랭이'에서 유래했다는 설입니다. 금은 쇠 금金의 쇠가 소로, 란蘭은 랭으로 바뀌어 소랭이가 되었다는 설명입니다. 매우 아쉬운 것은 조 교수님도 밝혔듯이, 명승지로서의 금란구곡에 대한 흔적이 남아있지 않다는 점입니다. 표지석 하나마저 찾아볼 수 없고, 마을의 어른들께 여쭈어도 이에 대한 설명을 전혀 들을 수 없었다고 합니다. 참고로 구곡을 간단히 소개합니다.

광릉창벽 광정에서 올라오며 왼쪽의 깎인 절벽
운당제월 옛 지명 구름뱅이 마을
오지연류 옛 지명 오지울 마을
송정열천 아름다운 정자가 있던 마을
용두야색 용머리 찬샘 마을
월은효경 월산초등학교가 있던 소랭이 마을
수회청탄 전원마을 앞 하천이 반원을 그리며 돌아 흐르는 곳
신전반괴 문천리 마을회관, 지금도 특이한 형상의 괴목이 있음
문현도화 문성마을, 바로 위에 곡두재와 곡두터널이 있음

〈책을 내며 덧붙이는 말씀〉 3년 전에 집필한 글이어서, 현재 상황과 다르게 표현된 내용이 있음을 밝혀 둡니다.

五觀偈

- 청도산방에서(15)

귀촌해서 새롭게 깨달은 것이 많습니다. 그중 하나는 먹거리를 위한 농부의 노고입니다. 어린이들은 공장에서 쏟아져 나오는 과자를 비롯한 가공식품을 대하며, 농부들의 노고를 떠올리긴 어렵지요. 그러나 여기에 꼭 필요한 것이 원료인데, 그 대부분은 농사를 지어야 만들어지게 마련입니다.

이전에도 일미칠근一米七斤이란 말과, 쌀 미米의 파자破字는 팔십팔八十八이라는 것을 알고 있었습니다. 한 톨의 쌀이 만들어지려면 일곱 근의 땀이 필요하고, 88번이나 농부의 손길이 닿아야 한다는 뜻이지요. 피상적으로 알고 있었던 그 진정한 의미를 이제야 알게 되었습니다.

쌀이 가장 좋은 선물이라고 말한 사람이 생각납니다. 지금은 값이 좀 올랐지만, 예전에는 20㎏ 한 자루 가격이 4만원 정도였던 때가 있었습니다. 그 가격으로 좋은 선물을 고르기는 어렵지요. 어떤 사람이 축하받을 자리를 마련하면서, 축의금은 사절하고 꼭 성의를 표하고 싶은 사람에게는 쌀 20㎏ 한 자루로만 제한했다고 합니다. 그렇게 모아진 쌀을 복지시설로 보냈다는 기사를 읽고 얼마나 흐뭇했는지 모릅니다.

저는 직접 농사를 지은 분으로부터 햅쌀 40㎏을 받은 적이 있는데, 참으로 고마웠습니다. 아이들이 어려서 5개월 가까운 식량이 되었는데, 밥상을 대할 때마다 고마운 마음을 떠올리곤 했었지요. 30년도 더 지난 지금도 그분과의 만남은 특별하게 느껴지곤 합니다.

귀촌해서 제자들을 만나는 일이 많아졌습니다. 전에도 그러했지만, 제자들에게 대접받는 일은 고마움을 넘어 불편하기 그지없습니다. 스승 노릇을 제대로 못했는데, 졸업하고 40년 정도나 지난 제자들이 잊지 않고 있다는 것이 왜 그렇지 않겠습니까. 그럴 때마다 제자들에게 더 많은 사랑을 베풀지 못한 자신을 통렬하게 꾸짖곤 합니다. 식당을 운영하는 제자는 좋은 쌀이 있어서 많이 사왔다며 쌀 한 자루를 차에 실어주었습니다. 스승의 날이라고 식사를 대접하는 것만도 과분한데, 헤어질 때 상품권 봉투를 주머니에 억지로 찔러준 제자도 있었습니다. 진정으로 사양하고 싶었지요.

  퇴직하기 전에 방학이면 한국불교연구원의 교사불자회에서
운영하는 연수회에 참석하곤 했습니다. 제 과목은 보충수업이
없기 때문에, 무료한 시간을 보내는 좋은 방법이었습니다. 가장
인상적이었던 것은 공양 시간마다 오관게五觀偈를 독송하는 것
이었지요. 맛있는 음식이 만들어질 수 있기까지 많은 분들의 노
고도 그렇지만, 제가 살아오는 동안 고마운 분들을 떠올리게 하
는 시간이기도 했습니다.
  오관게에 대해서 배운 내용을 간단하게 말씀드립니다. 불가
에서는 식사食事를 공양이라 하는데, 공양 전에 다섯 가지를 바
라보는 게송이지요. 잘 보이는 벽면에 크게 오관五觀이라 붙여
놓고 다함께 독송을 합니다. 여기에서의 관觀은 생각한다는 의
미로 볼 수 있습니다.

  이 식사를 할 수 있기까지 얼마나 많은 사람의 공이 들어갔나.
  자신의 부족한 덕행을 생각하면 이 공양을 받기가 부끄럽네.
  수행자의 마음을 지키는 데 삼독을 없애는 것보다 나은 것이
없다.
  밥을 약으로 여기고 몸이 여위는 것을 막는 것으로 만족하자.
  도업道業을 성취하기 위한 방편으로 이 공양을 고맙게 받는다.

위의 삼독三毒은 탐진치인데, 탐은 좋아하는 대상에 대한 집착이고, 진은 좋아하지 않는 대상에 대한 미운 감정이며, 치는 바른 도리에 대한 무지無知입니다.

이번의 쌀 선물을 계기로, 식사할 때마다 감사의 기도를 올리고 싶었습니다. 땡볕에 고생하시는 농부님들은 물론이고 지금까지 살아오는 동안 고마운 분들에게 올리는 감사의 기도입니다. 작심삼일이 되지 않도록 오관게를 식탁 앞의 벽에 붙이기로 하였습니다. 가능한 한 원문을 살려서 문장을 만들어, 붓펜으로 정성껏 썼습니다. 고마운 분들을 떠올리며 식사를 하다보면, 속도 조절에도 효과가 있으리라 여겼지요. 6·25전쟁 중에 태어난 사람은 대부분 식사 속도가 너무 빨라서, 식사가 아닌 전투라고 표현한 사람도 있었지요. 그 대표적인 사람으로 저를 꼽고 싶습니다.

이 귀중한 공양은 어떻게 여기로 왔나요
농부님을 비롯한 많은 분들의 공덕을 생각하면
덕행이 부족한 저로서는 받기가 참으로 부끄럽습니다

욕심을 다 버리고 올바른 수행으로 깨달음을 얻기 위해
이 육신을 지탱할 약으로 삼고자

고마운 마음으로 이 공양을 받습니다

   선현들의 한결같은 말씀이 "행복하게 살아가기 위해서는 감사할 줄 알아야 한다."는 것이었지요. 이번에 쌀 선물을 받고 새삼스럽게 떠올리게 되는 말씀입니다. 쌀 선물은 단순한 물질이 아닌, 훌륭한 가르침을 주었습니다. 이보다 더 큰 선물이 있을까요. 작은 일에도 매사에 감사할 줄 아는 마음을 잘 간직할 수만 있다면, 앞으로 더 행복하게 살아갈 수 있으리라 여겨집니다.

청도산방의 여름

- 청도산방에서 (16)

　녹음이 짙어지면 산골짜기 외딴집은 섬이 됩니다. 그것도 저 혼자만 살고 있어서 무인도를 겨우 면한 외로운 섬이지요. 저의 집은 밤나무 숲 속에 있고, 우측 전면의 아래에는 고목이 된 감나무 세 그루가 시야를 가리고 있습니다. 잎이 다 떨어지고 가지만 남았을 때는 멀리 마을이 보여서 그런 생각이 들지 않지요. 이렇게 녹음이 짙어지면 저의 집은 섬처럼 느껴지고, 바람이 불어서 흔들리는 나뭇잎은 마치 밀려오는 파도를 연상케 합니다.

　'KBS아침마당'의 수요일은 '도전, 꿈의 무대'가 방송되는 날입니다. 엊그제 새로운 5승 가수가 탄생하게 되었지요. 완도에서 배를 타고 들어가는 작은 섬에 살고 있는 아주 앳된 청년입니다. 놀라운 것은 그 섬에는 오직 그의 가족만이 살고 있다고 합니다. 늦둥이여서 노부모를 모시고, 고기도 잡고 민박집을 운영하며 생계를 이어가고 있답니다.

그렇다면 여객선이 다니지 않을 텐데, 관광객이 어떻게 찾아가는지 의아했습니다. 수수께끼는 금방 풀렸습니다. 진행자도 저와 같은 생각이었던지 질문을 던졌기 때문이지요. 마치 산골짜기 외딴집 앞으로도 버스가 다니는 경우가 있듯이, 인근에 있는 여러 섬들을 여객선이 순회한다고 합니다.

학창시절에 원산도로 여행을 다녀온 일이 있습니다. 꽤 큰 섬이고 거주하는 주민도 많았지만, 당시는 하루에 두 차례만 여객선이 들어갔습니다. 오전 배는 주로 섬에서 나오는 사람이 많고, 오후 배는 육지에서 나와 볼일을 본 주민이나 도시에서 찾아가는 여행객들입니다. 따라서 오후 배가 섬에 들어올 시간이면 마중 나온 주민이나 여행객을 맞으려는 숙박업소 주인들이 장사진을 이룹니다. 어쩌면 기다리는 사람이 없어도 그냥 나온 사람도 많지 않았을까 싶었습니다.

저는 산골짜기에서 어린 시절을 보내며 도시를 동경하는 마음이 컸습니다. 하루 두 차례씩 대전으로 나가는 버스 시간이 되면, 밖에 나가서 멀리 내려다보이는 신작로에 시선을 고정시키곤 했었지요. 원산도에서 부둣가에 나와 있는 어린이들을 보며,

저의 어린 시절을 회상했던 기억이 생생합니다.

　재미있는 것은 섬 어린이가 버스를 '땅배'라고 부른다는 사실이었습니다. 버스를 본 일이 없이 그림책으로만 만났고, 어른들에게 설명을 들었을 어린이들입니다. 그들에겐 버스란 생소한 단어보다 땅배가 맞는 말이겠지요.

　귀촌 초기에는 길에서 좀 떨어져 있는 저의 집이지만, 지나다가 들르던 어르신이 더러 있었습니다. 제가 찾아뵙고 인사를 드려야 하는데, 급하게 해결해야 할 일도 많았고 이러저러한 이유로 쉽지 않았지요. 거꾸로 저를 찾아주시니 고마웠습니다. 제가 사교성이 떨어지기도 하지만, 이제 그런 경우가 거의 없어서 더욱 섬처럼 느껴지는 지도 모르겠습니다.

　외지에서 찾아오는 사람도 마찬가지입니다. 은퇴하고 전원에서 살아보고 싶은 사람이나, 가까운 친지들이 궁금했던지 더러 찾아주곤 했었습니다. 그런 사람이 점점 줄어들더니, 이제 코로나로 인해 끊기다시피 되었지요.

　사람처럼 간사한 동물이 없다는 말을 합니다. 찾아주는 분이 고맙고 반갑지만, 친분이 떨어지거나 인원이 꽤 많은 경우는 부담스럽기도 했습니다. 문제는 같이 음식을 만들어 먹으며 왁자지껄 환담을 나누는 시간은 즐겁지만, 썰물처럼 빠져나가고 나면 밀물처럼 밀려드는 허전한 감정을 추스르기가 힘들었습니다.

　이제 생각하니 저를 찾아주던 분들이 고맙게 느껴집니다. 멀리 떨어져 사는 사람을 찾아가는 일이 결코 쉽지 않다는 걸 새삼스럽게 깨닫게 되기 때문입니다.

　〈책을 내며 덧붙이는 말씀〉 지난 2021년 12월, 대천항에서 원산도까지 해저터널이 개통되었지요. 덕분에 코로나19 확진자가 증가하는데도 관광객이 넘쳐난다는 기사를 읽었습니다. 고교 시절에 친구와 둘이서 오붓하게 피서를 즐겼던 추억을 떠올리게 되었습니다.

아름다운 도전

- 청도산방에서 (17)

　적절한 비유가 될지 모르겠습니다. 대중성을 지니고 있다는 면에서 수필은 가요와 비슷한 면이 있다고 여겨집니다. 정통 문학으로 대접받지 못하고 있는 장르가 수필입니다. 신춘문예의 응모 부문에 수필이 배제되어 왔었고, 큰 문학상은 시나 소설의 몫이었습니다. 학창시절에 '수필은 형식이 없이 붓 가는 대로 쓰는 글'이라고 배웠지요. 아무래도 다른 문학 장르보다 접근성이 좋아서, 수필 인구가 급증하고 있습니다. 신변잡기로 매도한 사람도 있지만, 진솔한 삶의 이야기가 교훈이 되고 감동을 주기도 하는 것이 수필의 매력입니다.

　가요가 대접받지 못하던 시절이 있었습니다. 성악가가 가요 프로그램에 출연하는 일은 거의 없었지요. 최근에는 성악이나 국악을 전공한 사람이 트로트 가수로 데뷔하는 경우마저 꽤 있으니, 예전의 인식이 많이 바뀌었다고 볼 수 있습니다. 최근에는 미스트롯과 미스터트롯 선발 이벤트에 힘입어 새로운 열풍이 불기도 했습니다. 예전에는 가수로 데뷔하는 일이 더 어렵기도 했다지요. 일반적인 인식이 좋지 않아서 부모의 반대가 심했을 뿐만 아니라, '딴따라'라는 조롱도 받았다고 합니다.

모두가 가난하던 시절에 먹고 살기 바빠서 꿈을 접었다가 뒤늦게 가수가 된 사람도 많습니다. 상급학교 진학도 포기하고 생활 전선에 뛰어들었던 분들이지요. 절박한 만큼 열심히 노력하여 경제적으로 성공하고, 이제나마 꿈을 이루었다고 합니다. 딱한 것은 어렵게 가수가 되었고 노래 실력이 출중해도, 무대에 서기가 쉽지 않다는 것이지요.

제가 귀촌하면서 달라진 생활의 하나는 아침마당을 시청하는 것입니다. 농사는 특별한 경우 아니면 시원한 이른 아침에 한 시간 정도만 하고 있습니다. 일을 마치고 아침을 먹는 시간과 아침마당을 방영하는 시간이 비슷해서 자연스럽게 시청하게 되었습니다. 특히 수요일은 외출을 늦추면서까지 아침마당을 챙겨봅니다. '도전, 꿈의 무대'가 방영되기 때문이지요.

큰 무대에 서기가 어려운 무명 가수들을 위해 기획되었다고 합니다. 다섯 명씩 나와서 실력을 겨루고, 시청자들의 전화 투표에 의해서 우승자가 결정됩니다. 5연승을 거두면 유명 작곡가의 곡을 받을 수 있고, 방송국에서 많은 출연 기회를 제공합니다. 그야말로 무명 가수를 위한 꿈의 무대인 셈이지요. 이제 대단한 인기 프로그램이 되어서, 이 무대에 설 수 있는 것만도 대단한 영광이라고 할 정도입니다.

이 프로그램이 특별하게 감동을 선사하는 이유가 있습니다. 부제가 '전국이야기대회'인 것처럼, 노래를 부르기 전에 본인의 가요 인생과 관련된 이야기를 들려주지요. 어쩌면 모두가 그런 구구절절한 사연을 가졌는지, 그 기막힌 사연은 가슴을 뜨겁게 합니다. 그들의 노래 솜씨는 또 얼마나 훌륭한지요. 전문가들이 들으면 구분이 되는지 몰라도, 도무지 우열을 가릴 수 없을 정도여서 모두에게 표를 던지고 싶습니다. 유명 가수 못지않은 그들이 설 무대가 없다는 것은 안타깝기만 합니다. 마치 좋은 수필을 쓰는 사람에게도 중앙 문예지에 글을 발표할 기회를 얻기 어려운 점과 흡사하게 여겨졌습니다.

스포츠를 비롯한 승부의 세계는 냉정하기만 합니다. 그들에겐 반드시 이겨야 할 이유가 있게 마련인데, 아무리 잘해도 상대방의 기량이 더 훌륭하면 질 수밖에 없습니다. '도전, 꿈의 무대'도 그렇습니다. 그중에서도 더 특별한 무대가 있습니다. 한 명의 가수가 5연승을 이어가는 동안, 안타깝게 차점자로 탈락한 사람이 대결을 벌이는 무대입니다. 앞에서도 말씀드린 대로 모두가 우열을 가릴 수 없을 정도로 훌륭하기만 한데, 또 탈락의 고배를 마시는 네 명을 보며 눈시울이 젖었습니다.

새삼스럽게 가져보는 생각입니다. '도전, 꿈의 무대'에 출연하는 가수들의 노래처럼, 제가 쓰는 글이 독자에게 조금이나마 감동을 주고 있을까 싶은 것이지요. 아니, 무서운 두려움이 엄습해 왔습니다. 이처럼 '도전, 꿈의 무대'는 저의 문학 활동을 돌아보게 했습니다. 무명 가수의 몸부림이 절절하게 느껴지면서 저의 부족한 치열함을 반성해 봅니다. 꿈의 무대에 도전하는 그들처럼, 저도 감동을 주는 글쓰기에 새롭게 도전하렵니다. "도전하는 젊음은 아름답다."는 말이 있지만, 도전하는 황혼도 아름답지 않을까요.

遷移와 極相

- 청도산방에서 (18)

천이와 극상은 생태학적 용어입니다. 저는 중등학교에서 환경 교과를 가르치다 퇴임했습니다. 환경과 관련이 깊은 학문이 생태학이지요. 중학교 1학년 학생들에겐 천이와 극상이 다소 어렵게 느껴지는 생소한 용어여서 설명하기가 힘들었습니다. 이렇게 산촌에 들어와 살다 보니 농사를 포기하고 묵히는 밭들을 더러 만나게 됩니다. 이런 묵정밭을 보며, 천이와 극상을 열심히 설명하던 시절을 떠올리곤 합니다.

황무지나 맨땅이 자연적으로 변화하는 과정을 천이遷移라 하고, 그런 변화 끝에 숲이 완성된 상태를 극상極相이라 합니다. 농사를 포기한 맨땅은 가장 먼저 한해살이풀인 망초가 점령군이 됩니다. 황무지에서도 잘 자라는 우점종優占種인 망초는 거름기가 많은 밭에서 높이 무섭게 자랍니다.

다음 해엔 여러해살이풀인 쑥이나 억새가 공격해 오지요. 뒤를 이어 찔레나무나 싸리나무 같은 관목灌木이 자라고, 최종적으로 교목喬木이 주인 노릇을 하게 됩니다. 교목 중에서는 먼저 소나무 자귀나무 같은 양수가 들어서고, 참나무 떡갈나무가 섞인 혼합림을 거쳐 서어나무나 박달나무처럼 햇빛을 적게 받고도 잘 자라는 키 큰 음수가 최종적으로 숲을 완성합니다.

어린 시절에는 산사태가 난 곳의 사방砂防공사에 참여한 일이 있습니다. 부역이라고 해서 가구마다 일을 할 수 있는 사람이 한 명씩 동원되곤 했었지요. 초등학교 5학년 무렵으로 기억됩니다. 아버지가 와병 중이어서 제가 대신 나가야 했던 일이 있습니다.

사방공사를 위해 부역에 동원된 기억은 1회성에 불과했지만, 해마다 늦가을이면 풀씨를 채취해서 제출해야 했었지요. 어린 마음에도 늦가을의 정취가 아름답게 느껴지던 기억이 선명하고, 풀씨를 훑던 일이 아름다운 추억이 되었습니다. 6·25전쟁 직후만 해도 헐벗은 산이 대부분이었는데, 이제 우리나라는 산림녹화에 가장 성공한 나라가 되었다고 합니다. 나이를 먹은 사람들은 산에 오를 때마다 쓰러져서 썩어가는 나무를 보며, 옛날 땔나무가 귀하던 시절을 돌이키곤 합니다.

보도에 의하면 북한은 연료의 부족에 따른 남벌로 산림의 황폐화를 초래했다고 합니다. 아파트에서도 아궁이를 만들어 나무를 땐다고 하니 이해가 되지 않습니다. 문제는 그로 인하여 홍수와 산사태의 문제가 심각하게 되었다는 것이지요. 숲은 습지와 함께 생태계의 양대 보고寶庫로 일컬어지고 있습니다. 많은 혜택 중에서도 가장 중요한 것은 홍수나 산사태 같은 자연 재해를 막아준다는 것이지요.

숲이 주는 혜택에 대해서는 학생들도 잘 알고 있습니다. 수업 시간에 설명하면 모두 알고 있다는 반응이었습니다. 숲이 주는 빼놓을 수 없는 부수적인 혜택은 좋은 휴식 공간이 되어준다는 점이지요. 유명한 관광지가 아니어서 사람이 없는 한적한 산길이 저는 더 좋습니다.

제가 귀촌한 지역은 공주의 최북단으로 천안과 접경지역이기도 합니다. 가깝게는 10분 거리인 마곡사의 솔바람 길을 비롯하여 30분이면 충분한 숲길이나 자연 휴양림이 열 곳도 넘지요. 친지들이 찾아올 때면 즐거운 마음으로 안내하곤 합니다.

요즈음엔 인터넷이나 관광안내서를 쉽게 접할 수 있어서 자세한 설명은 생략하고, 그냥 열거만 하겠습니다. 20분 거리엔 천안 풍세의 태학산 자연휴양림이 있습니다. 대중교통을 이용해서 저를 찾아온 사람은 그곳을 돌아보고 천안까지 모셔다 드리고 오기도 좋지요.

아산에 있는 봉곡사 천년의 숲길도 좋고, 재정이 풍부한 아산시가 엄청나게 투자한 영인산 자연휴양림도 있습니다. 최근 아산 외곽순환로가 개통되어 30분이면 충분합니다. 예산에는 봉수산 자연휴양림이 있는데, 예당호 조각 공원과 국내 최장의 출렁다리, 그리고 의좋은 형제로 유명한 슬로시티 등 볼거리가 많습니다.

공주시 장기면이었다가 세종시 장군면으로 편입된 충남자연휴양림도 훌륭합니다. 예전에는 금강자연휴양림이었다가 이름이 바뀌었지요. 규모가 방대해서 걷고 싶은 사람에겐 권할 만하고, 잘 꾸며진 산림박물관은 숲이 주는 혜택을 제대로 알아볼 수 있어서 어린 자녀들의 좋은 학습장이기도 합니다.

같은 공주 땅이지만, 지금까지 소개한 곳보다 시간이 많이 걸리는 두 곳을 소개합니다. 금학동에 새로 조성된 생태공원이 있습니다. 예전엔 생활용수 공급원이었던 큰 저수지가 두 개나 있어서, 아름다운 호숫가를 걷는 즐거움을 만끽할 수 있지요. 많은 숙박 시설도 있는데, 인기가 많아서 신축계획도 발표한 바 있습니다. 반포면 이안 숲속은 어린이들이 좋아하는 시설이 많아서, 어린 자녀들이 있으면 가볼 만한 곳입니다.

근래 들어 심각한 환경 문제는 미세먼지입니다. 오죽하면 '3

한4미'란 말까지 생겨났겠습니까. 차라리 미세먼지보다 추운 게 낫다는 말들을 하곤 합니다. 울창한 숲은 온난화나 미세문제를 해결할 대안으로 제시되고 있습니다.

저는 '원시림'이란 단어가 좋습니다. 원시림은 처녀림의 동의어이지요. 진천의 생태공원에서는 태풍에 쓰러진 많은 나무들이 썩어가는 모습을 만났지요. 마치 원시림의 원형을 보는 듯 했습니다.

귀농이 아닌 귀촌

- 청도산방에서 (19)

시골에 들어와 살고 있다고 하면 누구나 같은 질문을 합니다. 무슨 농사를 짓고 있느냐는 것이지요. 복잡한 설명을 피하려고 귀농이 아닌 귀촌이라고 답합니다. 분명히 귀촌歸村이라고 강조하듯이 말했어도, 텃밭은 있을 텐데 무엇 무엇을 심었느냐고 묻습니다. 물론 가꾼 채소를 나누어 먹자는 의미가 아닌 줄은 알지만, 저는 "아주 골고루 조금씩, 저 혼자 먹을 만큼만 심어 놓고 농사 시늉을 하고 있어요."라며 웃곤 합니다.

아침 일찍, 해가 뜨기 전에 한 시간 정도만 일을 합니다. 채소를 가꾸는 일보다 잡초와의 싸움을 비롯한 다른 일에 주로 시간을 보내게 되지요. 그것도 겨울에는 해당되지 않습니다. 요즈음엔 시설농업이 발달해서 제대로 농사를 짓는 사람은 농한기가 없어졌지만, 저에겐 농한기를 넘어선 농무기農無期가 됩니다.

여러 문학 단체에 가입하여 활동하면서도 주로 겨울에만 글을 쓰고 있습니다. 학교에 근무하면서 학기 중에는 바쁘기도 하고, 야구광으로 살아오느라 책을 읽기도 쉽지 않았지요. 여름방학엔 연수도 많고 기간도 짧아서 글을 쓸 엄두도 내지 못하곤 했습니다. 그렇게 40년 가까이 살다가 귀촌했지요. 이제 겨울이 아니어도 시간은 넘쳐나지만, 이미 겨울에만 글을 쓰는 것으로 굳어져 버렸나 봅니다.

겨울방학은 두 달이지만, 일이 없는 농한기는 다섯 달 가까이나 됩니다. 더구나 야구 경기가 없는 기간과 딱 겹치기 때문에 자못 무료하기까지 합니다. 퇴직하기 전에는 전업 작가를 부러워하며 퇴직해도 무료할 걱정은 하지 않았지요. 덕분에 책은 많이 읽고 있습니다. 고마운 것은 천안이나 공주에 나갈 일이 있을 때, 공공도서관을 편리하게 이용할 수 있습니다. 더욱 고마운 일은 제가 읽고 싶은 신간 서적을 구입해 달라고 요청할 수도 있지요.

최근에는 귀촌한 사람들이 지은 책에 관심을 갖게 되었습니다. 귀촌 생활에 도움이 되기도 하고, 그들이 시골에서 살아가는 이야기에 공감하는 부분이 많습니다. 이병철 작가가 지은 『나는 늙은 농부에 미치지 못하네』를 읽었습니다. 논어에 나오는 '오불여노농吾不如老農'을 풀어서 붙인 제목인데, 노농老農의 깊은 의미가 울림을 주었습니다.

"노농老農은 자연의 이치에 따라 사는 사람입니다. 곧 씨를 뿌릴 때와 거둘 때를 알고, 하늘과 땅을 섬기고 삼가며 생명을 가꾸는 사람입니다. 농사는 아무리 노력해도 하늘과 땅의 도움이 없이는 어렵다는 것을 깨달아, 하늘과 땅을 공경하고 천지만물을 함부로 대하지 않습니다. 지나친 욕심을 삼가고 행동을 근신하며, 모든 순리를 따라 사는 사람입니다. 그런 농부처럼 살아야합니다."

이어지는 말도 저를 빙그레 웃게 했습니다.

"농사짓는 시늉만 내고 살아도 얼마나 좋은데…….."

크게 감동한 일도 있습니다. 재미있는 농사는 토종 오이 농사입니다. "장마철에 오이 자라듯 한다."는 말이 있지만, 일시적으로는 수확량도 상당해서, 인심까지 쓸 수 있지요. 다른 작물은 묘를 사다 심느라 비용도 들어가는데, 제가 받아놓은 씨앗으로 짓는 농사여서 더 좋습니다.

지난해에는 아침에 돌아보니, 1미터 쯤 튼실하게 자란 오이줄기의 밑동이 똑 부러져 있더군요. 밤이 깊어지면 온통 고라니나 산토끼의 놀이터가 되는 곳이기에 그들의 소행이겠지요. 이제 수확할 일만 남은 셈인데 너무 마음이 아팠습니다. 그냥 뽑아버리려다 접을 붙이듯이 잇대고 반창고를 감아 주었습니다. 그야말로 소생할 가능성은 전혀 없다고 여기면서도 헛일 삼아서 한 것이지요.

당연히 잎이 시들어 있을 줄 알았는데, 다음 날에도 그 다음 날에도, 언제 그런 일이 있었느냐는 듯 쌩쌩한 모습을 보여주는 것은 엄청난 감동이었지요. 참으로 생명에 대한 경외감을 느낄 수 있었습니다.

저와 입장이 비슷해서 공감하게 되는 이병철 작가의 말입니다. "귀촌해 살면서 농사에 매달리는 날은 반도 안 되고, 밖으로 나돌아 다니는 날이 더 많습니다. 평생 농사일밖에 모르고 사는 연세가 많은 농부들에게 미안한 일이지요."

산골짜기 외딴집이지만, 바로 옆의 밭을 가꾸는 노인 부부가 있습니다. 날만 밝으면 올라오셔서 하루 종일 일에 매달리곤 하시는데, 이렇게 여쭌 적이 있습니다. "저는 한 시간씩만 일을 해도 힘 드는데, 어떻게 그렇게 종일 일을 하세요?" 대답은 저를 숙연하게 합니다. "밤엔 아파서 잠도 제대로 못자고 끙끙 앓다가도, 날이 새면 할 일이 어른거려서 나오지 않을 수가 없어요." 연세도 86세나 되셨다는데, 잡초가 무성해도 방치하는 저는 마음이 편하지 않기도 합니다.

농사가 어려운 줄 몰랐던 것은 아니지만, 직접 노부부가 일하는 모습을 목도하며 농산물의 가치를 새롭게 인식하게 됩니다. 이런 말씀을 들으며 그저 안타깝기만 했습니다. "땅을 물려받지 못했지요. 악착같이 일해서 너무 어렵게 장만한 땅이기에, 손바닥만큼도 허투루 하지 못하고 이렇게 할 수밖에 없어요."

남자라는 이유로

- 청도산방에서 (20)

　　더위가 맹위를 떨치면서 한 동안 산보를 쉬고 있었습니다. 아침에 울적한 전화를 받아 즐겨보는 프로그램도 마다하고 집을 나섰습니다. 뒷산으로 오르는 오솔길에 접어들며 깜짝 놀랐지요. 길 양쪽의 나무들이 몰라보게 가지를 뻗어서 걷기가 불편할 뿐더러, 바닥에는 잡초가 우거져서 뱀이 무서울 지경이었습니다. 귀촌 5년차인데, 이런 일은 처음이지요. "작년 다르고 금년 다르다."는 말을 떠올리게 하는 일이었습니다.

　　어쩔 수 없이 5분 거리인 광덕사로 향했습니다. 사람이 많은 길은 싫어하지만, 평일이어서 등산로는 한산하리라 여겼습니다. 광덕사 입구에서 자연스럽게 오른 쪽으로 접어들었습니다.

해마다 부용추모문학제에 참여하고 있기에 익숙한 길일 뿐만 아니라. 급경사가 없는 완만한 길을 걷고 싶었습니다.

혼자 호젓하게 부용 묘소를 찾는 느낌도 달랐습니다. 문우들과 함께 오를 때는 정겹게 대화를 나누는 재미가 있었지만, 40여 년 전에 처음 올랐던 기억을 반추하며 참으로 감회가 깊었지요. 천안문협을 통해 많은 문우들을 만났습니다. 우리가 살아가면서 어쩔 수 없이 겪어야 하는 것이 회자정리會者定離라 하지만, 뜻밖에도 천안을 떠나서 소식이 끊어진 문우들을 하나하나 떠올렸습니다. 깊은 정을 나눈 사람도 여럿인데, 한번 헤어지면 다시 만나기가 어렵다는 점도 새삼스럽게 다가왔습니다.

주변의 풍경은 산길을 오를 때보다 내려올 때 더 눈에 들어오게 마련입니다. 거의 다 내려오면 왼쪽으로 천불전이 있고, 오른쪽 도랑 건너에는 새로 모신 불상佛像이 보입니다. 부처님 앞에서 어떤 여인네가 갑자기 대성통곡大聲痛哭을 시작하여 깜짝 놀랐습니다. 골짜기가 울릴 정도로 목청껏 토해내는 그 울음은 저에게도 아픔이었습니다. 얼마나 슬픔이 컸으면 저토록 처절한 몸짓을 보일 수 있을까 싶었지요. 보는 사람이라곤 잘 보이지 않는 먼 곳의 저뿐이기에, 그 슬픔을 나눌 수도 없었습니다. 생각해 보니 섣부른 위로가 도움이 되기는커녕 큰 실례가 되리라는 걸 금방 깨달을 수 있었습니다. 아니, 너무나도 처절한 그녀의 몸짓은 감히 범접할 수가 없었지요.

저도 아침에 받은 전화 때문에 울적하던 참이어서 더욱 그러 했겠지요. 거리가 좀 떨어져 있어서 알 수 없지만, 아무래도 연세가 좀 드신 분으로 여겨졌습니다. 젊은 사람이라면 인생의 선배로서 위로의 말이라도 건넬 수 있을지 모르겠지만, 어느 정도 인생을 사신 분이라면 무슨 말씀을 드릴 수 있겠습니까.

주차장까지 내려와서도 이명耳鳴처럼 그 여인의 울음소리가 귓가를 맴돌고 있었습니다. 이런저런 생각 끝에 갖게 된 또 하나의 생각입니다. 그렇게 실컷 울고 나면 슬픔이 조금이나마 풀리지 않을까 싶었던 것이지요. 문득 그녀가 부러운 마음이 들었습니다.

"남자가 이 세상에 태어나서 큰 소리로 우는 것은 세 번으로 족하다."는 말이 있습니다. 이 세상에 태어나면서 터트리는 고고성呱呱聲이 그 첫째요, 둘째는 나라를 잃었을 때라고 합니다. 나라를 잃는 일은 흔치 않기에 어진 임금님이 서거하셨을 때로 대신하기도 합니다. 셋째는 부모님이 돌아가셨을 때입니다.

저는 태어날 때 운 기억은 물론 없고, 부모님이 다 돌아가셨지만 한 번밖에 기억이 없습니다. 아버지의 관이 흙 속에 묻힐 때였지요. 어머니가 돌아가셨을 때는 넋이 나갈 정도로 너무 황망해서 슬픈 줄도 몰랐습니다. 아니면 현실처럼 느껴지지 않아서

관이 묻힐 때도 큰 울음이 터지지 않았습니다. 40년이 가까워오는 지금까지도 부끄러운 기억이지만, 외종형께서 "우리 고모가 김씨 집안으로 출가해 와서 무슨 잘못을 했기에, 우리 고모가 돌아가셨는데 우는 사람이 하나도 없느냐?"고 화를 냈었습니다.

문득 어느 유행가 가사가 떠오릅니다. 조항조가 부른 '남자라는 이유로'이지요. "누구나 웃으며 세상을 살면서도/ 말 못할 사연 숨기고 살아도/ 나 역시 그런 슬픔을 간직하고/ 당신 앞에 멍하니 서있네/ 언제 한번 가슴을 열고 소리 내어/ 소리 내어 울어 볼 날이/ 남자라는 이유로 묻어두고 지낸 그 세월이 너무 길어요."

아무도 없는 깊은 산골짜기를 찾아, 어머니께서 돌아가셨을 때를 비롯한 그간의 큰 슬픔을 떠올리면서 마음껏 울음을 토해내고 싶습니다. 설레는 기다림도 없는 텅 빈 가슴을 열고, 아픈 기억들을 훌훌 떨쳐내며 꺼이꺼이 울고 싶습니다. 이제 앞으로 살아가면서 대성통곡할 일은 더 없겠지요.

　작은 거처를 마련하고 텃밭을 만들기 위해 세 그루를 베어내고 20그루 정도가 남았습니다. 저는 매상할 정도의 수확은 전혀 예상하지 못했고, 친지들에게 인심을 쓸 정도는 충분하리라 여겼습니다. 문제는 소독을 하지 않다 보니 벌레 먹은 밤이 너무 많았지요. 공동 항공방제는 면적이 적어서 신청할 수 없었습니다.

셋째 마당

청도산방의 가을

뒤늦은 고해성사

- 청도산방에서 (21)

　무려 5년이나 늦은 고해성사입니다. 잘못을 늦게 깨달아서가 아니라, 너무 어처구니가 없고 크게 부끄러운 일이기 때문이지요. 아니, 그것은 그냥 잘못이 아니었습니다. 비록 실수라 해도 죄를 지은 일이기에, 고해성사를 위해서는 5년이라는 세월이 필요했습니다.

　제가 산불을 낸다는 것은 꿈에도 생각지 못한 일이었습니다. 그 발단이 된 소각 행위는 산불로 이어질 가능성이 없는 것으로 보았지요. 바람도 전혀 불지 않았고, 만에 하나 불이 번지는 것을 막기 위해 삽을 준비하고 있었습니다.

　부끄러운 특별한 이유가 있습니다. 제가 전직 환경 교사라는 점이지요. 수업 시간에 '숲의 중요성과 산불 조심'을 강조하곤 했습니다. 우거진 숲은 습지와 더불어 '생태계의 양대 보고'라 일컫고 있습니다. 매우 다양한 생물에게 삶의 보금자리가 되어주지요. 순간의 실수로 망가트린 숲이 복원되어 다시 생물이 살 수 있게 되기까지는, 적어도 50년의 세월이 필요하다며 산불 조심을 역설力說해 왔습니다. 그런 제가 이처럼 산불을 냈다는 것은 지금 생각해도 부끄럽기 짝이 없습니다.

이 글을 쓸 생각은 없었지만, 늦게나마 용기를 낸 이유가 있지요. 요즈음 은퇴하고 귀촌하는 사람이 많은데, 그들이 산불을 내는 경우가 아주 많기 때문입니다. 3년 전에는 바로 아랫마을에서 산불을 내고 직접 끄려다가 죽은 사람도 있습니다. 귀촌하자마자 남의 밤나무 산을 태워서 엄청난 보상을 하고, 바로 시골 생활을 청산한 사람도 있습니다. 죽은 사람의 경우가 저일 수도 있고, 바로 도시로 되돌아간 것도 남의 일이 아닙니다. 제 경험을 공유하고 싶어 이 글을 쓰게 되었습니다.

5년 전, 2월 말의 일입니다. 인세를 35%나 받기로 하고 수필집을 내게 되어 며칠째 컴퓨터와 씨름을 하고 있었습니다. 전에도 그런 증상은 있었지요. 뻑뻑한 느낌을 주곤 하던 눈이 그날은 통증까지 느껴져서 밖으로 나갔습니다. 가까운 산보 코스를 한 바퀴 돌아왔지만 시간은 20분 정도밖에 걸리지 않았지요. 지난 가을에 밤을 주우면서, 거치적거리는 밤송이를 도랑에 던져놓

앉는데 불룩하게 쌓여있는 모양이 거슬렸습니다. 눈을 쉬게 하려면 밖에서 시간을 더 보내야겠기에, 미루어오던 그 밤송이를 태우기로 하였습니다. 이미 다른 곳에 쌓여있던 여러 무더기를 태운 경험이 있기에, 산불 걱정을 하지 않았지요.

중요한 사실을 경험에 의해서 알게 되어 안타깝습니다. 바람이 전혀 불지 않다가도, 어느 정도 불길이 치솟으면 돌풍突風이 달려든다는 걸 알지 못했습니다. 도랑은 장마철에만 잠시 물이 흐르는 건천이어서 자랐던 풀이 말라 있었고, 도랑 위에 있는 묵정밭 역시 무성했던 잡초도 마찬가지였습니다. 비탈을 타고 묵정밭으로 불길이 번지는 것을 막으려고, 삽으로 두드리니 불꽃이 튀어서 더욱 잘 번졌습니다. 다행히 흙이 잘 파여서 부지런히 삽질을 하여 불길이 잡혔나 했지요. 눈을 돌려보니 밑에서는 도랑 바닥을 타고 저만치 불길이 이어지고 있고, 잠시 사이에 묵정밭의 불도 다시 번지고 있었습니다. 외딴집이니 이웃의 도움을 청할 수도 없어서, 얼른 119를 눌렀지요.

정안면 소방센터는 7분 거리입니다. 그 시간이 몇 시간처럼 느껴졌고, 불은 어느덧 뒷산까지 번지고 있었습니다. 그 불길을 쳐다보고 있으려니 마치 꿈을 꾸고 있는 듯하며 현기증이 일었고, 입에 침이 바싹 말라서 가장 쓰다는 소태맛이 이럴까 싶었습니다.

소방차보다 먼저 의용소방대원 80여 명이 도착했고, 이어 소방차 4대를 비롯하여 구급차와 트럭, 승용차 등 50여 대의 차량들이 앞 도로를 가득 메웠습니다. 마침 3분 거리에 있는 폐교된 월산초등학교에서 의용소방대가 교육을 받고 있는 중이었기에 그들이 바로 올 수 있었다고 합니다. 시간이 조금 더 지나자 집 앞에는 인산인해를 이루었습니다. 정안면이 지역구인 시의회 의장님을 비롯하여 면장님, 농협 조합장님과 직원들, 시 산림과장님, 85가구가 사는 마을 주민들이 대거 모여 들었습니다. 참으로 곤혹스러운 일은 제자인 이장이 그분들에게 일일이 저를 소개하는데, "쥐구멍이라도 숨어들고 싶다."는 말이 딱 어울렸습니다.

제가 눈물을 글썽인 일도 있었지요. 출처를 모르는 생수가 왔는데, 맨 먼저 저에게 그 생수를 주며 "얼마나 놀라셨느냐?"고 위로해 주셨지요. 직접 불을 끄려던 초기에 연기를 마셔서 목이 타고 있었지만, 그 물을 마실 수 없어서 그냥 들고 있었습니다.

의용소방대의 덕도 보았고, 어렵지 않게 불길은 잡혔습니다. 제자인 이장은 늦게까지 남아서 뒷정리를 도와주었는데, 자리를 뜨며 살며시 들려준 이야기입니다. 소방대장이 헬기를 요청하자고 했다 합니다. 이장은 산의 능선을 따라 임도가 있고, 초기에 의용소방대원이 투입되어 불길을 잡을 수 있다면서 반대했다 합니다. 헬기가 뜨면 많은 벌금을 내야하기 때문이라더군요. 물론 어려운 결단이었겠지요. 그렇게 주장해 놓고 만일 불길을 쉽게 잡지 못했다면, 그에게도 책임이 돌아갈 터이니 말입니다. 시청 산림과에서 부를 것이라면서, 50만 원 정도의 벌금을 생각하라더군요. 저는 많은 사람이 동원되어 고생했으니, 많은 벌금을 내도 아깝지 않다고 했습니다.

참으로 고마운 분은 또 있습니다. 잿더미가 된 뒷산의 주인이십니다. 전화를 드렸더니 며칠 후에 와 보겠다고 해서 기다리는 일도 힘들었습니다. 보상금을 비롯한 이런저런 걱정으로 잠을 설쳤는데, 3일 후에 오셨지요. 황송하게도 보상을 고사할 뿐만 아니라, 선처를 당부하는 탄원서에 기꺼이 서명까지 해 주셨습니다. 시 산림과에서 출석 일시를 알려주며, 피해자와의 보상 합의서와 탄원서가 필요하다고 해서 미리 작성해 놓았었지요. 나중에라도 피해자가 이의를 제기하면 곤란한 상황이 벌어질 우려가 있기 때문이라 합니다. 이 마을은 거의 밤나무 산인데, 그렇지 않은 점도 다행이고 천사님을 만난 셈이지요.

다음 날, 조사를 받으러 갔습니다. 조사관이 시청 공무원인 줄 알았더니 파견을 나온 사법경찰관이라고 하더군요. 조금 긴장이 되었는데, 건강을 걱정해 주며 부드럽게 말씀하셔서 참으로 고마웠습니다. 사실은 연기를 마셨던 목에 불편함을 느끼고 있었지만, 며칠 지내보고 차도가 없으면 병원에 가려고 미루고 있었지요. 중죄를 짓고 내 몸부터 챙기는 것이 부끄럽기도 했기 때문입니다.

　저는 죄를 인정하며 전혀 변명할 마음도 없었고, 벌금이 좀 과하다 싶더라도 감수할 각오를 했었지요. 30분이면 충분할 줄 알았던 예상은 엄청나게 빗나갔습니다. 오후 두 시에 시작했는데, 네 시간을 넘기고 퇴근 시간이 지나도 끝나지 않았습니다. 제 차의 차종이나 차량 번호를 비롯하여 산불을 낸 것과 관련 없는 내용을 어쩌면 그렇게나 시시콜콜 묻던지, 모를 일이었습니다.

　시간이 많이 소요된 이유는 답변 내용을 컴퓨터에 입력하며 이어가는데, 그 속도가 느렸기 때문입니다. 그래도 두 시간 남짓에 문서 작성이 끝났는데, 문제는 무인拇印을 컴퓨터에 옮기는 작업이 되지 않기 때문이었습니다. 어디론가 전화를 걸어서 방법에 대한 설명을 듣고 다시 시도해도 연속 실패해서 하염없이 기다려야 했습니다. 앉아서 어렵지 않은 대답을 하는 일이었지만, 집에 돌아오니 긴장이 풀리면서 매우 피곤했습니다.

　이제 벌금만 내면 되는 줄 알았는데, 며칠 후에 법원에서 등기가 왔습니다. 봉투를 열어보니, 벌금고지서 대신에 약식재판 결과를 알리는 내용과 출석 명령서였습니다. 결과를 수용할 것인지, 정식 재판을 청구할 것인지를 소명하라는 내용입니다. 사법경찰관에게 조사를 받을 때 고생해서 긴장했고 시간도 꽤 걸릴 것을 각오했습니다. 다행히 요구받은 것은 반성문뿐이었는데, 명색이 작가이니 거침없이 작성할 수 있었습니다. 제출한 반성

문을 훑어보더니, "산으로부터 50m 이내의 거리에서는, 불을 피우는 자체만으로도 50만 원 벌금의 경범죄에 해당한다."라는 주의를 주고 바로 돌려보내 주었습니다.

요즈음에도 TV 뉴스를 보다가 크게 산불이 번지는 광경을 보면, 가슴이 벌렁거립니다. 산불은 물론 주택이나 공장의 큰 화재 소식도 자주 보도되곤 하고, 때로는 많은 인명 피해가 발생하기도 하지요. 그렇게 무서운 화재 소식을 접하면 다들 조심해야 하는데, 여전하게 화재가 이어지는 것은 이해할 수 없습니다.

이런 이야기가 있지요. 가볍게 노인을 치는 사고를 낸 운전수가 미안해하며 "제가 30년 무사고인데요." 라고 말을 시작하자, "허어~ 나는 80년을 걸어 다녔어도 차에 치인 것은 처음입니다."라고 했다지요. 화재 사고가 그렇게 자주 일어나도, 전 국민에 대한 불을 낸 사람의 비율은 미미하겠지요. 불이 정말 무섭고 누구나 불을 낼 수 있다는 것을 실제 경험에 의해서 깨닫게 된 것이 안타깝습니다.

전에는 소각 과정에서 산불을 냈다는 뉴스를 볼 때면 화가 많이 났었지요. 산불 예방을 위해 전 국민을 상대로 특별 교육이 있었으면 좋겠다는 생각도 했습니다. 그것이 어렵다면, 최소한 귀촌하는 사람만이라도 그런 교육이 이루어지길 바라는 마음이 간절합니다.

백팔참회문

- 청도산방에서 (22)

코로나19는 칩거를 강요하고 있습니다. 하루에 한두 시간만 일을 해도 무료할 틈이 없었지요. 겨울이 아니면 낮엔 메이저 리그, 저녁엔 KBO 야구 중계를 보느라 자못 바쁘기도 했습니다.

일찍이 몸에 밴 습관이 있습니다. 1년에 써야 할 원고 대부분을 겨울 방학에 해결하는 것이었지요. 여름방학은 짧기도 하거니와 연수를 다녀와야 하는 경우가 많았기 때문입니다. 글을 쓰는 일에 자신이 없으니, 미리 써놓은 글을 묵혀두었다가 퇴고해서 보내야 덜 불안하기 때문이기도 합니다. 급하게 써서 보낸 원고가 실린 책을 받아보면, 마음에 들지 않는 부분이 많아서 속상했던 일도 있습니다.

지난겨울에는 매달 만나는 절친切親을 둘이나 저세상으로 떠나보냈습니다. 하나도 버거운 일인데 연달아 충격을 당하고 보니, 글을 쓰는 것은 물론 책도 읽을 수도 없었습니다. 모든 일이 다 시들해지고 의욕을 상실하면서 무력증에 빠져버렸지요.

　사람을 만나는 일도 겁이 났습니다. 방 안에 있기가 너무 답답해서 가까운 숲길을 산보하곤 했으나, 돌아오면 금방 울적해져서 별로 위로가 되지 않았습니다. 더구나 산골짜기는 한낮이 아니면 바람이 차서 서둘러 내려오게 됩니다. 이래저래 시간을 보내기가 고통이었습니다.

　이러한 저를 구원해 준 것은 두 불교방송입니다. 오래전에 어려운 일이 있었을 때, 산사에 계시는 스님들을 부러워했었지요. 어떻게 인연이 되어서 한국불교연구원의 교사불자회가 운영하는 연수회에 참여하곤 했습니다. 충북 괴산에 있는 다보수련원은 깊은 산 속에 있어서, 온통 수해樹海를 이룬 전망이 매우 아름다웠습니다.

　처음 찾아갈 때는 서둘러 갔더니 두 시간 이상이나 일찍 도착했지요. 등록을 마치고 법당을 거쳐 배정된 방으로 향하는데, 한자로 써 붙인 묵언정진黙言精進이 크게 눈에 들어왔습니다. 제가 심산유곡의 산사에 와 있다는 것을 실감하며, 4일간 묵언정진을 잘 실천해 보자고 다짐했습니다. 방으로 들어서면서 깜짝 놀랐습니다. 큰 방에 몇 명이 앉아 있는데, 모두 면벽의 자세로 참선 중이었기 때문입니다.

수련회 일정은 대부분 불교와 관련한 강의로 채워집니다. 야간의 두 시간까지 이어지는 강의이지만, 지루하기는커녕 더 듣고 싶을 정도로 좋았습니다. 특히 정병조 교수님의 강의는 명쾌하고 많은 것을 배울 수 있어서, 여름과 겨울 모두 방학이 기다려지곤 했었지요.

강의를 듣기 전에 10분 정도의 입정入靜 시간을 갖습니다. 조용한 절을 찾아 연수회에 참여했어도 세속 잡사에 머리가 맑지 못하게 마련입니다. 좋은 강의 내용을 잘 받아들이기 위해서, 그 복잡한 생각들을 다 떨쳐버리고 머리를 비우는 시간이 입정이지요. 물론 쉬운 일은 아니었지만, 숨소리도 들리지 않고 미동도 없는 그 시간이 얼마나 좋았는지 모릅니다. 그 생각을 떠올리고 무료함이 느껴질 때면 불교방송으로 채널을 돌리곤 합니다.

무엇보다 좋은 것은 컴퓨터 화면과 책을 보느라 피로해진 눈에 휴식을 줄 수 있다는 점입니다. 지그시 눈을 감고 법문이나 설법, 스님들의 독경 등을 듣고 있노라면 마음이 평안해집니다. 이어서 제 나름대로 참선 시간이라고 여기며, 그저 멍하니 앉아서 하염없이 시간을 보내곤 합니다. 그 시간은 결코 무료하지도 않고, 무의미한 시간으로 여기지도 않습니다. 마음은 차분하게 가라앉고, 온갖 망상과 괴로운 마음을 떨쳐낼 수 있기 때문입니다.

저녁 예불에 이어지는 108배 시간도 좋습니다. 108배가 건강에 매우 유익하다는 것이 화제가 된 적이 있었지요. 참회문에 맞춰 108배를 하는 화면을 보며 지난 삶을 참회하는 시간으로 활용합니다.

108배는 108가지 중생의 번뇌를 소멸하고자 하는 염원을 담아 올리는 절이라고 하지요. 108의 숫자는 이렇게 만들어졌다고 합니다. 우리 인간에게는 6개의 감각기관이 있지요. 이 6근根 안 이비설신의眼耳鼻舌身意 6에, 6진 색성향미촉법을 곱하여 36개의 번뇌가 일어난다고 봅니다. 이런 현상은 전생, 금생, 내생을 통해 발생하게 되기에 다시 3을 곱하여 나온 숫자입니다. 참회문 중에서 18개만 골라보았습니다.

> 부모님의 은혜에 감사함을 잊고 살아온 죄를 참회하며 절합니다.
> 배울 수 있게 해 준 인연들을 잊고 살아온 죄를 참회하며 절합니다.
> 인색함으로 악연이 된 인연들에 참회하며 절합니다.
> 원망하는 마음으로 악연이 된 인연들에 참회하며 절합니다.
> 내 눈으로 본 것만 옳다고 생각한 어리석음을 참회하며 절합니다.
> 내 생각만 옳다고 생각한 어리석음을 참회하며 절합니다.
> 병든 사람에 대한 자비심이 부족함을 참회하며 절합니다.
> 죄를 지은 사람에 대한 자비심이 부족함을 참회하며 절합니다.
> 모든 생명은 하나로 연결되어 있다는 것을 알게 되어 감사한 마음으로 절합니다.
> 바람 소리의 평화로움을 알게 되어 감사한 마음으로 절합니다.
> 시냇물 소리의 시원함을 알게 되어 감사한 마음으로 절합니다.

자연에 순응하면 마음이 편하다는 것을 알게 되어 감사한 마음으로 절합니다.

가장 큰 재앙이 미움과 원망이라는 것을 알게 되어 감사한 마음으로 절합니다.

가장 큰 힘이 사랑이라는 것을 알게 되어 감사한 마음으로 절합니다.

부처님, 저는 이 세상에 가난이 없기를 발원하며 절합니다.

부처님, 저는 수행하는 마음이 물러나지 않기를 발원하며 절합니다.

부처님, 저는 선지식을 만날 수 있기를 발원하며 절합니다.

이처럼 108개의 참회문은 한 문장, 한 문장이 마음을 숙연하게 합니다. 너무 어리석게 살아온 삶을 깨우치게 하고, 막연하게 알고 있던 생활 속의 지혜를 깊이 음미하게 하며, 불자로서 세워야 할 원願을 새롭게 해 줍니다.

빨라지는 온난화 시계

- 청도산방에서 (23)

지난 1월 중순에 뒷산에 올랐다가 기이한 현상을 목격했습니다. 봄에나 피는 줄 알았던 할미꽃을 보게 된 것이지요. 늦가을에 갑자기 추위가 닥쳤다가 날씨가 풀렸을 때, 개나리꽃이 많이 피었다고 보도된 적은 있었지요. 그밖에도 여러 이상 난동이 나타나고 있지만, 1월에 직접 할미꽃을 보고 나니 놀라움이 컸습니다.

지난해 4월 초에 있었던 일도 떠오릅니다. 3월 하순은 마치 초여름 날씨여서, 꽃샘추위도 끝난 것으로 알았지요. 전혀 동해 걱정을 하지 않고 종묘상에서 오이, 고추, 호박, 상추 등 채소 묘를 사다 골고루 심었습니다. 며칠 후에 뜻밖의 한파가 덮치는 바람에 시들시들 죽어가는 모습을 지켜보아야 했지요. 고추는 서서히 죽어가서 반은 건질 줄 알았는데 모두 잃고 말았습니다.

이런 일이 어쩌다 일어날 줄 알았는데. 올해에도 4월 15일에 한파주의보가 내려졌습니다. 문제는 이런 뒤죽박죽 기후 현상이 더 빈번해지리라는 전망입니다. 환경 전문가들이 걱정하던 것보다 더 빠른 속도로 올라가고 있어서 큰 걱정입니다.

지구는 하나의 생명체로 해석합니다. 대략 50년 전까지만 해도 환경 문제를 걱정하지 않았던 것은 지구가 자정능력이 있고 여러 가지 조절능력이 있기 때문이었습니다. 오늘날의 환경 문제는 그 자정능력과 조절능력의 상실에서 비롯된 것이라 합니다. 대표적인 예를 들자면 강수량의 편중 현상입니다. 비가 적게 내리던 곳은 더 적게 내려서 사막화가 진행되고 있고, 어느 지역은 폭우나 폭설로 엄청난 인명 손실을 비롯한 피해를 보곤 합니다.
지난해 미국 동부지역에서는 유례를 찾아볼 수 없는 폭설이 사람들을 놀라게 했고, 겨울에도 비교적 따뜻한 남부지역인 텍사스에서는 이상 한파가 몰아치기도 하였습니다. 온난화를 걱정하고 있는 판에, 이처럼 폭설과 강력한 한파를 걱정해야 하는 것도 큰 아이러니가 아닐 수 없습니다. 이것은 극지방의 빙하가 녹으면서 북쪽의 한랭전선이 힘을 잃었기 때문으로 해석합니다. 이유가 어찌되었든 온도의 변화와 사계절의 질서가 뒤죽박죽인 것이 두렵기만 합니다.
온난화의 문제는 우리의 생존과 직결되어 있기에 더욱 걱정스러운 일입니다. 극지방의 빙하가 녹는 것은 해수면의 상승으로 이어져서, 작은 섬나라는 수몰을 걱정해야 합니다. 이것은 '생물종 다양성의 파괴'에 따른 문제와 연결되기도 합니다.

지구 생태계는 다양한 먹이사슬에 의해 유지되고 있지요. 어느 생물종이 멸종된다는 것은 먹이사슬이 끊어진다는 것이고, 이어서 폭발적으로 연쇄 반응이 일어나게 됩니다. 이것은 바로 식량 위기와 직결되기 때문에 인류의 문제입니다. 우리나라도 곡물자급률이 21%에 불과하기에 걱정하지 않을 수 없는 문제이지요.

다들 알고 있는 내용이지만, 온난화의 주범은 이산화탄소입니다. 우리나라는 벌써 중화학공업국가가 되었습니다. 온실가스의 배출을 줄이기가 매우 어려운 산업 구조이지요. 화력발전의 의존도가 높은 것도 문제입니다. 수력 발전은 댐을 막아야 해서 공사비가 막대하므로 설비를 갖추는데 한계가 있습니다. 탈원전 정책을 추진하고 있는 것도 화력 발전의 의존도를 낮추는데 어려운 요소입니다.

재생에너지 비율을 높이기 위한 노력이 절실합니다. 부끄럽게도 우리나라는 그 비율이 6%에 불과해서 OECD 37개 국가 중에서 꼴찌라고 합니다. 평균인 33%라도 되어야 하는데 갈 길이 멀기만 합니다. 우리나라가 경제적으로는 선진국 대열에 들어서고 있으면서, 인류의 생존이 걸린 환경 문제에는 왜 이토록 둔

감한지요. 이탈리아는 초등학교와 중고등학교에서 환경교과를 교육과정에 편성하고 있다 합니다. 뒷걸음질을 하는 우리의 환경 교육과 크게 대비되는 일이지요.

UN환경계획에서는 2050년까지 탄소제로화를 목표로 삼고 있습니다. 이제 채 30년도 남지 않았지요. 탄소 배출을 줄이는 방법은 크게 두 가지가 있지요. 하나는 대기 중에 탄소 배출량을 줄이는 것인데, 쉽지 않은 일이지요. 산업화 현상에 따라 화석연료의 사용을 줄여야 하기 때문입니다. 다른 하나는 탄소를 배출하는 만큼 소멸시켜야 합니다. 식물의 탄소동화작용을 위해 숲을 가꾸어야 하는데, 오히려 아마존 유역의 원시림을 비롯해 숲이 망가지고 있습니다.

많은 사람이 지구 환경을 위해 노력하고 있고, 환경 문제의 해결을 위한 여러 NGO가 생겨났습니다. 열악한 보수를 감내하며 환경운동에 뛰어든 사람들의 희생도 안타깝기만 합니다. 예전에는 그들을 환경운동가, 혹은 활동가라고 불렀지요. 이제 환경 문제의 핵심은 이상 기후의 문제이기에 기후활동가라고 부르고 있습니다.

청소년 기후활동가로 활약하고 있는 그레타 툰베리의 업적을 높이 사지 않을 수 없습니다. 스웨덴에서 태어난 그녀는 이제 겨우 18세의 소녀입니다. 어린 나이에 환경 문제의 심각성을 알게 되었지요. 불과 15세의 나이에 환경 운동에 앞장섰습니다. 매주 금요일에 학교도 가지 않고 1인 시위를 벌이며, 기후 위기에 행동하지 않는 기성세대와 이 사회에 경종을 울렸습니다. 환경위기에 반하는 정책을 편 트럼프를 노려본 당돌한 소녀로 유명해지기도 했지요. 2019년에는 UN기후행동정상회의에서의 연설은 압권이었습니다. "위기 상황을 이해하면서도 행동하지 않으면 악마와 다름없다."는 외침이 큰 울림을 주었습니다. 그로 인해서 그녀는 노벨 평화상의 후보가 되기도 하였습니다.

환경 문제는 이론의 문제가 아니라 실천의 문제입니다. 마치 마땅히 지켜야 하는 도덕 윤리가 그런 것처럼, 알고 있으면서 실천하지 않으면 모르는 것만도 못하지요.

기후활동가들은 "지금 우리의 행동이 지구의 미래를 결정한다."라며 어쩌면 현재의 청소년들이 마지막 세대가 될지도 모른다고 절규합니다. 모든 일에는 중요도에 따른 선후가 있습니다. 오직 이상 기후의 진행 속도를 늦추는 것만이 발등에 떨어진 불이라는 사실을 알아야 합니다. 알았다면 당연히 행동해야 합니다. 그렇지 못하면 그레타 툰베리의 외침처럼 악마가 되는 것입니다.

〈책을 내며 덧붙이는 말씀〉 이 글은 출판년도 이전에 집필하였기에, 통계 수치와 그레타 툰베리의 나이가 다름을 밝혀 둡니다.

나의 전용 산책로

- 청도산방에서 (24)

불과 20년 전에는 곡두재를 걸어서 넘어 다녔다고 합니다. 곡두재는 공주 정안면 산성리와 천안 광덕면 광덕리의 경계이지요. 산길은 터널이 뚫리면서 차로 불과 1분 남짓한 거리로 단축되었습니다. 이곳은 천안 생활권이어서 천안의 시내버스가 들어오는 광덕사 입구까지 걷는 사람을 볼 수 있습니다. 대략 20분 남짓 걸릴 것으로 짐작되는데, 터널 안에서 차를 세울 수 없어 태워드리기는 어려웠습니다.

저는 외출할 일이 있으면 서두르곤 합니다. 출발 준비에 걸리는 시간이 짧아서 막상 출발하고 보면 너무 일찍 나선 걸 알게 되지요. 시내에 나가서 무료하게 기다리는 것보다 곡두재를 올라갔다 내려오는 것으로 시간을 조정하곤 합니다.

불과 5분만 오르면 콘크리트 포장이 끝나면서 원시림이 시작됩니다. 왼쪽으로 난 오솔길을 조금 오르면 사람이 살았던 흔적을 볼 수 있습니다. 다시 곡두재 쪽으로 오르다가 걸음을 멈추고 돌아서서 가빠진 숨을 고르노라면, 마곡사로 넘어가는 고갯길엔 멋진 풍경이 펼쳐집니다. 다시 조금 더 걸으면 매우 넓은 평지를 조성해 놓은 땅이 나타나는데, 전망이 아름다워서 묵히기가 아깝다는 생각이 듭니다. 왼쪽으로는 잘 가꾸어진 공원에서나 볼 수 있는 금강송이 눈을 즐겁게 합니다.

차량 통행이 빈번한 도로에서 10분 정도 걸었을 뿐인데, 길에는 고라니를 비롯한 산 짐승들의 배설물이 여기저기 보이고, 길바로 옆에는 산딸기나 산밤, 상수리나무 등이 밀림을 이루고 있습니다. 적게 걷고도 심산유곡의 정취를 느낄 수 있는 것은 큰 기쁨입니다.

곡두재 아래 가까운 곳에는 약수터가 있습니다. 1주일에 한 번 정도 외출하고 돌아오는 길에 물을 길어오곤 하지요. 얼마 전에는 코로나19 때문에 외출할 일이 뜸해져서 일부러 약수터를 찾아가게 되었습니다. 집을 나섰다가 약수만 받아서 돌아오려니 섭섭했지요. 마침 산보하기 좋은 계절이고 구름이 끼어서 덥지도 않았으니까요.

고갯마루에서 천안 쪽으로 더 내려가 보고 싶었습니다. 아래 왼쪽으로 내려가는 길만 있는 줄 알았는데, 오른쪽으로 새롭게 개설된 임도林道가 보였습니다. 8~9부 능선을 따라 도로를 만드는 일은 경비도 많이 들고 어려웠을 텐데 놀라운 일이었지요. 공사를 하신 분들의 노고를 생각하며 미지의 길을 걷고 싶었습니다. 막 공사를 끝낸 모습이 신선하기만 했고, 걸어서 그 길을 처음 통과하는 것으로 여겨졌습니다.

임도는 꽤 길게 이어졌습니다. 놀라운 것은 길을 내느라 절개한 경사면에는 나무를 새로 심고, 큰비에도 문제가 없도록 둑을 튼튼하게 쌓았습니다. 평상시에는 물이 흐르지 않지만, 장마철에는 물이 흐를 만한 곳에는 물이 잘 빠져나갈 수 있게 한 시설이 완벽해 보여서 흐뭇했습니다. 공사를 시행한 관청에서는 코로나19로 힘든 가운데서도, 별로 급하지 않게 느껴지는 임도 개설을 위해 많은 예산을 집행한 점이 놀랍습니다. 우리나라가 경제 대국이 되었다던 말도 실감하게 되었지요.

잘 가꾸어진 산림은 신선한 공기와 맑은 물을 공급해 주며, 용도가 다양한 목재 등을 제공하는 자원의 보고입니다. 그러한 산림자원을 잘 보호하고 효율적으로 이용하기 위해서 필요한 것이 임도입니다. 무엇보다 산불이 확산하는 것을 효율적으로 차단하기 위해서는 임도가 꼭 필요하다고 합니다.

지장리 쪽으로 내려가는 길을 한참 더 걸어서 비로소 공사 안
내판을 만났습니다. 공사명은 '2개 구간의 간선임도 신설 공사'
이고, 공사 기간은 지난 3월부터 5월 22일까지로 되어 있습니
다. 계획대로라면 제가 오른 바로 전날이었지요. 공사가 끝난 다
음날에 제가 현장을 돌아보았다는 것은 감독관이 된 기분이기도
했습니다. 그런 우연의 일치로 기분이 좋아져서, 그 임도를 저의
전용 산책로로 삼기로 했습니다.

　　매우 한적한 곳이어서 앞으로 얼마나 더 찾아가야 사람을 만
날 수 있으려나 궁금합니다. 신설 임도는 물론 전부터 있었던 길
도 아직 사람을 만난 적이 거의 없기 때문에, 오래오래 저의 전
용 산책로로 여겨집니다.

물벼락 체험기

- 청도산방에서 (25)

귀촌하고 여섯 번째 여름을 넘겼습니다. 지난해 물벼락을 맞고 크게 고생해서, 장마가 시작된다는 소식에 긴장할 수밖에 없었지요. 지난해 가을에 물이 잘 빠져나가도록 공사를 벌이기도 했지만, 장마철을 앞두고 도랑을 손보느라 꽤 땀을 흘렸습니다. 풀을 깎아내고 바닥에 쌓인 낙엽을 긁어냈으며, 무너질 위험이 있는 곳은 돌로 보강하였습니다.

비가 많이 내리던 날 밤에는 잠을 자다 말고 나가서 살펴보기도 했지요. 물이 아주 적게 흐르고 있었고, 그 다음에도 걱정했던 상황은 일어나지 않았습니다. 수해를 걱정하지 않아도 된다면, 맑은 물이 흐르는 모습은 참 보기가 좋습니다. 사람처럼 간사한 동물도 없다더니, 수해 걱정이 사라지면서 제대로 물이 흐르는 모습이 보고 싶었습니다. 늦게 시작한 장마여서 늦게 끝난다 하더니, 7월 중순으로 접어들며 장마가 끝났다 합니다. 그렇게 걱정하였기에 자못 허탈하기까지 했지요.

저는 해마다 연말이면 한 해를 돌아보며, 제 시골 생활의 10대 뉴스를 꼽아보곤 합니다. 이제 곧 6년을 채우게 되기에, 그 동안의 10대 뉴스도 적어보고 싶었습니다. 망설임 없이 두 사건을 먼저 꼽아볼 수 있습니다. 산불 사건과 함께 물벼락을 만나 고생한 일이 그것이지요.

역시 방심은 금물이었습니다. 귀촌하던 해 여름에는 새로 만든 진입로가 조금 망가진 일이 있지만, 그 후 3년 동안은 전혀 문제가 없었기 때문에 방심했었나 봅니다. 도랑을 건너다니기가 불편하다고 관을 묻은 것이 물벼락을 맞은 원인으로 작용했습니다.

우기雨期가 아니면 물이 흐르지 않는 하천을 건천乾川이라고 하지요. 제가 사는 집 옆으로는 작은 도랑이 있습니다. 비가 꽤 많이 내려도 가뭄 끝에 내리는 경우에는 물의 흐름을 볼 수 없습니다. 숲이 잘 우거지고 낙엽이 두껍게 쌓여있기 때문입니다. 조어造語로 말하자면 절대적 건거乾渠라고 할 수 있겠지요. 4년 동안 전혀 걱정 없이 여름을 지냈기에 관을 묻었던 것입니다.

꼭두새벽에 바로 아래에서 캠핑장을 운영하는 서 사장이 찾아왔습니다. 밤새 비가 많이 내린 줄은 알았지만, 전혀 걱정하지 않았기에 무슨 일인가 의아했지요. 잠깐 나와 보시라고 하는데도, 비가 많이 내린 것과 관련이 있으리라는 생각은 못했습니다. 깜짝 놀랄 모습이 눈앞에 펼쳐졌습니다. 도랑 주변에는 그야말로 천지개벽이나 다름없었지요. 눈으로 보고 있으면서도 믿을 수 없는 상황이었습니다.

가장 놀라운 일은 관涵 입구였던 자리에 큰 기둥이 나란히 서 있는 모습이었습니다. 산에서 둥둥 떠내려 온 굵은 고사목들이 관을 만나자 수직으로 세워지고, 묵은 낙엽과 토사가 관 입구를 메우면서 그 주변을 백사장으로 만든 것입니다. 산에 그렇게 많은 모래가 있었다는 것도 의아한 일이었습니다. 제 밭에서 일어난 일은 천천히 해결해도 되겠지만, 당장 해결해야 할 문제가 기다리고 있었습니다. 아래를 내려다보니, 토사가 도랑의 둑을 넘어가서 아래 캠핑장의 진입로에 질펀하게 깔려 있었습니다. 마침 금요일이어서 오후에 몇 팀이 오기로 예약되어 있다고 하니, 서둘러 모래를 걷어내야 했습니다. 다행인 것은 높은 둑이 무너져 중장비를 동원해야 할 상황은 면한 것입니다.

아침 식사를 10분 만에 해결하고 중노동이 시작되었습니다. 셋이서 일륜차 두 대로 작업하였기에 두 시간 정도면 될 줄 알았지요. 토사의 양도 겉으로 보는 것보다 훨씬 많기도 했지만, 모래를 걷어내니 밑은 물을 잔뜩 머금고 있는 진흙이어서 진도가 느려졌습니다. 토사를 걷어내는 일만 하는데도 네 시간이나 걸렸지요. 고맙게도 서 사장은 나머지 일은 자기가 하겠다며 올라가시라고 권해서, 겨우 몸살은 면할 수 있었습니다. 팔의 근육이 뭉친 것은 파스로 해결할 수 있었지요.

제 밭을 정리하는 일은 우선 크게 보기 싫은 정도만 해결하기로 했습니다. 밤 수확이 끝나고, 하루에 두 시간씩만 일을 해도 겨울이 오기 전에 해결되지 않겠는가 싶었지요. 일이 생각처럼 쉽지 않는데, 문제는 큰 관의 반 정도는 토사가 채워져 있어서 인력으로 해결이 쉽지 않았습니다. 길이 4미터 관을 한꺼번에 들어내긴 어렵다고 판단하고, 1/3 정도씩 잘라내기로 했지만, 그것도 어렵기만 해서 일을 미루고 있었습니다. 관 하나를 들어내자고 중장비를 부를 수 없어서 걱정하고 있었는데, 옆에서 굴착기로 공사를 하게 되어 도움을 받았지요.

이제 생각하니 다행인 것은 몸을 다치지 않았다는 점입니다. 장마철 폭우가 쏟아질 때는 작은 도랑도 위험해서 물꼬를 보러 갔다가 다치는 사람이 있다고 들었습니다. 흐르는 물속의 바닥에서는 돌이 구르게 마련이어서, 그 돌이 발목을 치는 경우가 많다고 합니다.

일에 서툰 사람은 일하다가 다치는 경우가 많습니다. 자주 씻어야 하는 여름에는 작은 상처만 생겨도 한동안 불편하지요. 이런 일도 있었습니다. 긴 소매 옷을 입었는데도 풀을 베다가 어떤 독충에 쏘여서 매우 고생했습니다. 의아했던 것은 아침에 쏘이고 당일은 별로 힘들지 않아서 벌레 물린 데 바르는 약으로 해결될 줄 알았지요. 그런데 다음 날 엄청나게 부어서 팔을 움직일 수 없게 되었습니다. 마침 현충일이어서 작은 의원은 모두 문을 닫아, 난생처음 종합 병원의 응급실을 찾아야 했습니다.

고마운 것은 둑에 심은 나무들이 잘 살아준 점입니다. 아로니아는 토사에 묻혀 있다가 모두 살아났고, 슈퍼오디는 뽑혀서 떠내려간 것을 옮겨 심어서 살릴 수 있었습니다. 슈퍼오디는 속성수速成樹이더군요. 4년 만에 엄청나게 많이 자라서, 도저히 끌고 올라올 수가 없었습니다. 어쩔 수 없이 큰 가지를 다 잘라야 했습니다.

유비무환의 의미를 되새기게 한 사건이었습니다. 댐이나 교량 등의 큰 구조물을 설계할 때는 200년에 한 번 발생할 수 있는 빈도頻度의 홍수량을 기준으로 한다고 합니다. 문제는 이제 지구온난화 때문에 그 기준도 믿을 수가 없게 되었다는 것이지요. '만사는 불여튼튼'이라는 말이 있습니다. 무슨 일이나 튼튼하게 대비하는 것이 좋다는 말이지요. 자꾸 살기가 어려워지는 세상이어서, 안전을 위해서는 설마가 아니라 만일의 경우를 생각해야겠습니다. 그러고도 잘못되었을 경우, 그 해결책까지 마련하면 더 좋겠지요.

외로우면 산으로 가라

- 청도산방에서 (26)

    은퇴를 앞두고 어느 선배가 했던 말이 기억납니다. "은퇴하면 혼자 식당에 들어가는데 큰 용기가 필요하다." 현직에 있을 때는 필요에 따라 아무렇지도 않던 일인데, 혼자 식당에 들어갔다가 아는 사람을 만나니 매우 민망하더라는 것이었지요.

    요즈음엔 코로나19로 인해서 외식을 거의 하지 않습니다. 더구나 혼자서 식당을 찾을 일은 없었지요. 나이가 들어서 허기를 느끼는 감도感度도 떨어지고, 코로나19가 부담스럽기 때문입니다.

    모처럼 혼자서 식당을 찾았습니다. 산속의 외딴집에서 생활하다 보니, 평소에는 마스크를 쓰지 않고 지내지요. 주차장에

차를 대고 식당 문을 열고 보니, 자신이 마스크를 쓰지 않은 것을 알게 되었습니다. 얼른 차에 있는 마스크를 쓰고 다시 식당에 들어서며 이렇게 인사를 건넸지요. "촌사람이어서 아직도 마스크 쓰는 일이 익숙하지 않네요." 그 응답이 저의 가슴을 때렸습니다.

"마스크를 벗고 살 수 있는 날이 오긴 할까요?" 그녀의 눈빛이 너무 애절했습니다. 뉴스에서 날마다 듣게 된 소상공인의 절박함을 실감하였습니다. 의자에 앉으면서 둘러보니 손님이라곤 저 하나뿐이었지요. 더구나 점심을 먹기에 적당한 시간이어서 더 마음이 편치 않았습니다.

제가 사는 이곳을 찾는 발길이 끊긴 지가 꽤 되었지만, 전에 오셨던 사람 중에는 "산속 생활이 외롭지 않냐?"고 묻곤 하였습니다. 저는 웃으며 "외로움을 즐기러 왔는데, 왜 외롭겠냐?"고 응대하곤 했지요. 그렇다고 외로움을 느낄 때가 왜 없었겠습니까.

산골짜기에 뜨는 달은 유난하게도 크게 보이지요. 두둥실 보름달이 떠도 외롭고, 밤늦게 불빛 하나 없는 골짜기를 찾아 귀가할 때도 외로울 수밖에 없었습니다. 더 외로움을 느껴야 할 때도 있습니다. 여러 사람이 밀물처럼 찾아왔다가 한꺼번에 빠져나간 직후이지요. 물론 먼 곳에서 찾아오는 사람이 반갑지 않을 리

없고, 여러 사람이 웃고 떠들 때는 흐뭇하기만 합니다. 그러나 조촐하게나마 대접하느라 이것저것 신경을 쓰다가 모두 빠져나가면 긴장이 풀리고, 정적 속에서 지낼 생각에 외로움이 밀려오곤 하였습니다.

귀촌을 후회한 적은 없습니다. 외로운 마음이 조금이라도 스멀댈라치면, 간절히 원해서 스스로 선택한 길이 아니냐고 자신을 다독이곤 하였습니다. 그렇게 잘 버텨오고 있는데, 코로나19 때문에 문제가 되었습니다. 주週마다 한두 차례는 도서관을 찾고, 매월 정기적으로 만나는 친구도 천안과 대전에 있었으며, 모임도 심심찮게 이어졌습니다. 한동안 매주 목요일에 문학관 자원봉사를 나가기도 했지요.

매달 만나던 친구는 한 달 사이에 모두 저 세상으로 갔고, 도서관은 이용이 불편해졌으며, 문학관은 휴관이 이어지고 있습니다. 이렇게 외출할 명분이 사라지면서 무료함을 달래기는 쉽지 않았습니다.

'외로움'을 주제로 글을 시작했는데, 관련이 적은 이야기가 길어졌습니다. 최근에는 시간이 넘쳐나지만, 눈이 피로하여 하루 네 시간 정도밖에 활자를 대할 수 없습니다. 고등학교에 근무하며 야간 자습지도를 하는 날은 10시간도 넘게 책을 읽기도 했었지요. 다행인 것은 TV 화면은 눈이 덜 피로해서, 무료함을 달래는 데 꽤 도움이 됩니다.

최근에는 두 불교방송을 즐겨 시청하는데, 어느 깊은 토굴에서 혼자 수행하시는 스님의 설법이 무릎을 치게 했습니다. 찾아오는 사람은 으레 "이렇게 혼자 계셔서 외롭지 않냐?"고 묻곤 하는데, 그 답변으로 하시는 말씀입니다. "외로움을 느낀다면 중이 아니다." 저는 산속의 이 외딴집을 토굴로 여기기로 했습니다.

또 하나 생각나는 명언이 있습니다. 제가 존경하는 안병욱 교수님의 글 중에서 '산의 철학'에 나오는 대목이지요. "외로우면 산으로 가라."는 말입니다. 이 또한 무릎을 칠 일입니다. 저는 이미 산 속에 와 있지 않습니까. 물론 외로워서 산으로 온 것은 아니지요. 그러나 "토굴에 살면서 외롭다면 중이 아니다."는 말에 저의 상황을 대입한다면, 외롭다는 것은 말이 되지 않겠지요. 무려 50년 전에 읽은 내용이지만 대략 기억이 납니다.

"네 영혼이 고독하거든 산으로 가라고 독일의 어떤 시인은 노래했다. 삶에 지치고 생에 권태를 느낄 때는 산에 올라보라. 땀을 흘리며 정상을 향해 오르다 보면, 생生에 대한 용기를 갖게 되고 건강한 정신을 되찾을 수 있을 것이다. 인생이 짐으로 느껴질 때는 산을 찾아가라. 맑고 깨끗한 산의 정기가 새로운 활력소를 불어넣어 줄 것이다."

정호승 시인의 '수선화에게'라는 시도 떠오릅니다.

"울지 마라/ 외로우니까 사람이다/ 살아간다는 것은 외로움
을 견디는 일이다/ (중략) 산 그림자도 외로워서 하루에 한 번씩
마을로 내려온다/ 종소리도 외로워서 울려 퍼진다."

앞으로 살아가면서 외로움을 느낄 일이 왜 없겠습니까. 조금
이라도 외로운 마음이 스멀거리면, 위의 세 명언을 떠올리려 합
니다. 외로움을 이겨내는데 큰 도움이 되겠지요. 이런 마음을 갖
게 계기를 만들어 준, 식당 아주머님도 고맙게 느껴집니다.

"토굴에 혼자 살면서 외롭다 하면 중이 아니다."
"네 영혼이 고독하거든 산으로 가라."
"외로우니까 사람이다."

이유 같지 않은 이유

- 청도산방에서 (27)

어느 책을 통해서 알게 된 말입니다. "어떤 일을 해야 할 이유가 열 가지라면, 어떤 일이 싫은 이유는 백 가지도 넘을 수 있다." 저는 빙그레 미소를 지었습니다. 제 밭의 무성한 잡초가 떠올랐기 때문이지요. 구태여 잡초를 방치하는 이유를 대라고 한다면, 백 가지는 아니어도 열 가지는 충분합니다. 재미 삼아서 그 이유 같지 않은 이유를 열 가지만 꼽아 보겠습니다.

먼저 생명존중입니다. 충남예고에 근무할 때였습니다. 청소시간이면 배당받은 여학생 두 명을 데리고, 정원을 한 바퀴 돌며 쓰레기 줍는 일을 했지요. 어느 날은 전혀 쓰레기가 없었습니다. 이를테면 헛품을 팔게 된 상황이어서, 잡초를 열 포기씩만 뽑자고 했지요. 쓰레기를 하나도 줍지 못했으니, 나온 보람이 없지 않느냐는 것이었지요. 한 학생의 말이 걸작이었습니다. "잡초도 살자고 태어났는데, 마음이 아파서 못 뽑겠어요." 그 표정이 너무나 진지해서 저는 할 말을 잃고 말았습니다. 보통 불살생不殺生을 말할 때, 동물을 먼저 생각하게 되지요. 그러나 식물도 엄연한 생명체임은 분명합니다.

잡초는 강한 생명력이 경외감을 느끼게 합니다. 시골에 사는 어떤 시인은 잡초의 강한 생명력을 앞세우며, '잡초 예찬론'을 펼치는 글을 쓰기도 했지요. "장마철에 오이 자라듯 한다."는 말이 있지만, 잡초가 무성하게 자라는 모습은 놀랍기만 합니다. 잔디는 주변에 비어있는 땅이 있으면 그쪽으로만 뿌리를 뻗고, 나무도 햇볕을 더 받을 수 있는 쪽 가지의 성장이 왕성하지요. 밤나무 가지치기를 할 때, 일을 쉽게 하느라 낮은 곳의 가지를 주로 잘라내면, 햇볕을 더 받기 위해 다시 가지가 자라며 축 처지곤 합니다. 더욱 놀라운 일은 생육 환경이 매우 좋지 않은 곳에서 힘차게 성장하는 것입니다. 마치 사람도 역경을 이겨내며 더 강해지는 모습을 연상하게 하지요.

잡초가 쓸모없는 존재도 아닙니다. 녹비綠肥 작물로서의 가치가 충분하지요. 저는 넓지 않은 면적이지만, 주로 밤농사를 짓고 있습니다. 밤 비료가 워낙 비싸고 살포 작업도 어려워서 거의 비료를 쓰지 않습니다. 그래도 첫해나 여섯 번째의 가을이나 수확량은 차이가 없었지요. 아마도 우거진 잡초가 썩어서 거름이 되기 때문이 아닌가 싶습니다.

잡초도 꽃을 피우기 때문입니다. 애써 가꾸지 않아도 아름다운 꽃을 피워서 잔잔한 기쁨을 주는 것이 얼마나 고마운 일인지요. 재미있는 것은 해마다 잡초의 식생도 천이遷移 과정이 일어난다는 점입니다. 처음에는 애기똥풀이 군락을 이루더니, 바랭이와 씀바귀를 거쳐 최근에는 엉겅퀴와 고마리가 지천입니다.

귀촌하던 첫해는 도로를 연결하는 일을 비롯한 여러 가지 잡다한 일을 해결하느라, 잡초를 거들떠보지도 않고 방치했었지요. 그야말로 호랑이가 새끼를 칠 지경이었습니다. 친구가 찾아와서 그러한 풍경을 바라보고 있을 때, 제가 변명인지 해명인지 모를 말을 이렇게 했습니다. "이렇게 내버려 두어도 순사가 잡으러 오지 않으니, 걱정하지 마!"

또한, 혼내거나 회초리로 때리는 사람도 없습니다. 현직에 있을 때의 일이 생각납니다. 마음에 들지 않는 지시가 내려온 일이 있었지요. 어떤 동료는 "난 개길 거야, 회초리로 때리려고 종아리 걷으라고는 하지 않겠지!"라고 했었습니다. 수필은 품격 있는 단어를 사용해야 한다고 배웠는데, 비속어로 알았던 '개기다'라는 말은 2014년에 표준어로 등재되었다고 하네요.

건강한 생태계를 위해서 가장 중요한 것은 생물종 다양성입니다. 저는 친환경농법을 구실삼아서 농약이나 제초제를 전혀 사용하지 않으니, 무성한 풀밭은 각종 생물의 중요한 서식처가 되지요. 모기도 많고 방아깨비를 비롯한 각종 곤충이 살고 있습니다. 이들의 포식자인 개구리가 많아지고 여러 종류의 뱀이 함께 살아갑니다.

땀을 흘리며 열심히 베어도 너무 빨리 자라서, 벤 보람이 없기 때문입니다. 전방에서 병영생활을 할 때, 눈을 치우던 일이 생각납니다. 산악지대에 있는 군사도로는 보급로로서의 의미도 큽니다. 빙판길이 되면 심각한 문제가 발생하기 때문에 눈이 많이 내릴 때면, 제설 작업에 전 장병이 동원되었습니다. 야간에 수면 시간까지 빼앗기기도 했지요. 중대별로 담당 구간이 정해져 있었는데, 심하면 눈을 치우며 올라가고 내려오며 또 치워야 했던 적도 있습니다.

풀은 베지 않아도 처서를 넘기면 생장을 멈추고, 서리가 내리면 모두 생을 마감하기 때문입니다. 농부로 평생을 살아온 사람이 이런 모습을 보면 한심하겠지만, 저는 그렇게 보기 싫지도 않습니다. 기세등등한 잡초더미를 보면서 저는 처서가 며칠이나 남았는지 계산하곤 합니다. 잡초가 생장을 멈추길 기다리는 것이지요.

처서가 되면 새벽에 한 시간 정도는 별로 땀을 흘리지 않고 일할 수 있습니다. 고마운 것은 땅을 매도한 사람이 밤나무를 조생종과 중생종, 그리고 만생종을 골고루 심어 놓은 점입니다. 덕분에 제초작업은 3등분하면 됩니다. 아니, 제초작업이 아니라 밤을 줍기 위한 준비입니다. 먼저 조생종 밤이 떨어지는 곳부터 작대기로 잡초를 쳐서 쓰러뜨리고, 헌 차광막으로 덮어주지요. 보름 정도의 간격을 두고 그런 작업은 중생종과 만생종의 순서로 이동해 가면 됩니다.

제가 생각해도 예초기가 없이 500평 넘는 밭을 가꾸며 6년 째

버티고 있는 자신이 대견합니다. 이유 같지 않은 이유를 나열하였지만, 여기에 친환경 농법을 실천해 오고 있다는 억지를 보탭니다. 이미 말씀드렸듯이 지금까지 농약이나 제초제를 사용하지 않고 있으니까요.

* 천이遷移 : 생태학적 용어입니다. 어떤 지역의 나지가 풀로 시작해서 세월의 흐름에 따라 숲으로 바뀌며, 식생植生이 변천하는 과정을 말합니다.

고마운 집배원 아저씨

- 청도산방에서 (28)

    귀농과 함께 고마운 마음을 갖게 된 사람이 집배원입니다. 도시의 고층 아파트에 살 때는 많은 우편함이 함께 있어서, 저로 인한 별도의 수고를 생각지 못했지요. 여기는 큰길에서 올라와야 하는 외딴집이고, 저의 문학 활동에 따른 갖가지 우편물로 인해 그냥 지나치는 날이 거의 없습니다. 다달이 받아보는 몇 종의 문예지를 비롯하여 제가 참여하는 여러 문학 단체에서 보내는 우편물도 많고, 문우들의 저서도 상당하기 때문입니다. 최근에는 도정신문까지 배달하느라 일이 또 늘었습니다. 제가 책을 낼 때는 택배로 보낸 책을 오토바이로 싣고 오는 모습에 그저 송구할 따름이었지요.

    집배원 아저씨는 정년퇴임을 앞두고 있다 합니다. 노안老眼이

올 때도 됐겠지요. 저에게 와야 할 우편물이 잘못 배달돼서 고생한 이야기를 하려고 합니다. 고마운 분의 작은 실수를 소재로 글을 쓰려니 마음이 편치 않아서, 제목을 '고마운 집배원 아저씨'로 붙이게 되었습니다.

지난해 어느 날 저녁의 일입니다. 핸드폰이 울렸는데, 저장되어 있지 않은 번호가 떴습니다. 010으로 시작되는 전화는 좀처럼 없는 일이지요. 전화를 거신 분이 누구라고 하는데, 알아차릴 수가 없었습니다. 목소리는 알 것도 같은데 "나, 이○○야!"라는 말에, 학창시절 친구의 이름을 떠올리려 신경을 곤두세우게 되었지요. 그러는 사이에 거듭 이름을 말해주는 데도, 도통 기억을 되살릴 수 없었습니다. 머리가 하얘진다는 말이 딱 맞는 상황이었습니다.

결국 예전에 대전수필문학회 회원이지 않았느냐고 해서, 겨우 알아들을 수 있었지요. 문제는 그분이 중학교 때 은사님이었다는 사실입니다. 은사님 존함이 또박또박 발음하지 않으면 알아듣기 어렵기는 했습니다. 그렇지만 은사님께서 제자를 잊지 못하고 전화를 주셨는데, 몇 번씩 함자를 말씀하셔도 알아듣지 못했으니 더없이 송구한 일이었지요. 정말이지 얼굴이 화끈거리고, 쥐구멍이라도 숨어들어야 할 상황이었습니다. 용건은 20

년 만에 수필집을 냈는데, 책을 보내시겠다고 주소를 알려달라는 것이었지요.

진짜 문제는 이제 시작입니다. 3~4일 후면 도착할 줄 알았지요. 집배원이 올 시간이면 나가서 기다리기도 하였습니다. 그야말로 학수고대, 집배원이 올라오긴 하는데 다른 우편물만 계속 날아왔습니다. 은사님께서는 책이 나오기 전에 미리 주소를 파악하신 것으로 여기며, 기다림이 이어지는 가운데 보름이 더 흘렀습니다.

다시 또 며칠이 지나자 초조해지기 시작했습니다. 배달 사고의 가능성이나 다른 상황도 생각해 보았지만 답은 나오지 않았지요. 그렇다고 받지 못한 책을 잘 받았다고 전화 드릴 수도 없고, 책을 받지 못했다고 말씀드리면 다시 보내시는 번거로움을 드리는 일이어서 애매했습니다.

이러지도 저러지도 못하는 사이에 1주일이 또 지나갔습니다. 이제는 그냥 있을 일이 아니라고 판단하고, 중학교 2학년 시절의 추억을 소환하며 정성껏 장문의 편지를 쓰게 되었지요. 책을 보내셨을 텐데, 너무 오래 아무런 말씀도 드리지 않아서 얼마나 괘씸했을까 싶었기 때문입니다.

다음날에 편지도 부칠 겸 외출을 하려는데, 이웃 마을에 사시는 소설가 김 선생님께서 전화를 하셨습니다. 매달 뵙는 분인데, 점심이나 같이 하자는 말씀이었습니다. 잠시 후에 뵈었지요. 제 차로 옮겨 타시며 책 봉투를 건네셔서, 또 책을 내신 줄 알았습니다. 세상에나, 이런 일이 어디 있겠습니까? 그 책은 바로 김 선생님께 잘못 배달된 은사님의 수필집이었습니다.

저는 맥이 탁 풀렸지요. 저의 장광설이 시작되었습니다. 제가 마음고생을 했다고 말씀드리면 미안하시겠지만, 그래도 말씀드리지 않을 수 없었습니다. 김 선생님께서는 잘못 배달된 책을 받고, 바로 만나려고, 전화를 하지 않으셨다고 합니다. 갑작스럽게 예상치 않은 일이 생기는 바람에, 거기에 신경을 쓰느라 깜빡하셨다는군요. 힘들게 쓴 장문의 편지는 그대로 부치고, 은사님께 전화를 드려서 이 사건은 일단락되었습니다.

저 하나 때문에 집배원이 날마다 언덕을 올라오셔야 하는 일이 죄송하기 짝이 없습니다. 훌륭한 글이라도 쓰고 있다면 덜 미안하겠지만, 그렇지도 못하면서 폐를 끼치고 있는 자신이 송구할 따름이지요.

새삼스럽게 가져보는 생각입니다. 그밖에도 다른 사람에게 불편을 주는 경우가 있었겠지요. 의사이면서 저서도 많이 내신 이시형 박사의 이야기가 떠오릅니다.

아침마다 수도꼭지를 틀면서, 편리하게 물을 쓸 수 있게 한 고마운 분들을 생각한다고 합니다. 이처럼 고마운 분들은 이루 헤아릴 수 없게 많겠지요. 이제라도 두루두루 고마운 분들을 헤아리며 살자고 다짐합니다.

청도산방의 가을

- 청도산방에서 (29)

이곳 정안의 특산품은 밤입니다. 야산은 물론 밭에도 밤을 재배하는 농가가 많습니다. 가을이면 밤을 줍는 일이 큰일이고, 주민 대부분은 밤으로 먹고 산다고 할 정도입니다. 농협 수매장에 밤 자루가 산더미처럼 쌓이는 모습은 장관이지요. 하루는 한식 뷔페에 갔더니, 매우 큰 식당인데도 빈 좌석이 없었습니다. 대부분 밤을 줍기 위해 일시적으로 고용된 외국인 노동자였지요. 상상을 초월할 정도였습니다.

어린 시절의 일입니다. 집에서 가까운 곳에 밤을 따먹을 수 있는 우리 산이 없어서 매우 섭섭하였지요. 아버지에게 텃밭에 밤나무를 심자고 조르기도 했습니다. 뒷산에는 많은 밤나무가 있었습니다. 애써 가꾸는 밭작물과는 달리 자생에 가까워서, 밤을 좀 줍는 일은 죄의식이 없었지요. 지금은 달라졌지만, 과일이나 콩의 서리가 절도로 취급되지 않던 시절이기도 했습니다. 봄이면 거리낌 없이 그 산에 가서 칡을 캐곤 했지요.

초등학교 3학년 때의 일로 기억합니다. 하루는 밤을 주워서 내려오다가 산 주인의 아들인 이웃집 형을 만났습니다. 많지도 않은 밤을 반이나 빼앗기고 분한 마음이었지요. 더구나 앞으로 또 밤을 주우면 모두 빼앗겠다는 경고까지 받았습니다.

귀촌하면서 500평 정도의 땅을 원했습니다. 집터로 필요한 면적을 제하고, 300평은 되어야 농업경영체 등록을 할 수 있기 때문입니다. 공인중개사는 전원주택 단지로 개발해 놓은 땅을 권했는데, 20가구 정도가 다닥다닥 사는 것은 전원생활의 맛이 반감될 듯 여겨졌지요.

한 가지 걱정은 일구어야 할 땅이 300평이 넘으면, 제가 그 일을 감당할 수 있을까 하는 점이었습니다. 귀촌할 땅을 물색하러 다니던 중에 밤나무밭을 만났으니, 그야말로 '딱'이었지요. 귀농하면 잡초와의 전쟁이라고 하는데, 밤나무 밑에는 어느 정도 잡초가 있어도 별 문제가 되지 않을 터이니 말입니다. 어린 시절의 소원을 성취하는 셈이기도 했지요.

작은 거처를 마련하고 텃밭을 만들기 위해 세 그루를 베어내고 20그루 정도가 남았습니다. 저는 매상할 정도의 수확은 전혀 예상하지 못했고, 친지들에게 인심을 쓸 정도는 충분하리라 여겼습니다. 문제는 소독을 하지 않다보니 벌레 먹은 밤이 너무 많았지요. 공동 항공방제는 면적이 적어서 신청할 수 없었습니다.

밤이 떨어지기 시작하는 초기에는 양이 적습니다. 주워서 모아놓고 3~4일이 지나면 벌레가 생겨서 버려야 하는 것이 반입니다. 연일 열심히 주운 밤을 보태도, 연일 버릴 밤이 생기는 것도 마찬가지여서 40kg의 수납용 자루를 채우기는 어렵기만 합니다. 꽃이 필 때 알을 슬어놓아서 그렇다고 합니다. 적은 규모에 저온 창고를 지을 수도 없지요.

사람을 만나기 위해 시내에 나갈 일이 있으면, 조금이나마 밤을 선물하려고 상태가 좋은 걸 고르느라 애를 먹습니다. 벌레 먹은 밤을 주었다고 욕이나 하지 말라며 드리곤 하지만, 뒷맛이 깔끔하지 않습니다.

귀촌한 줄 아는 친지들이 편하게 던지는 말입니다. "삼겹살은 사 갈 테니, 초대 좀 한번 해!" 저는 항상 같은 말로 응수합니다. "제가 자청해서 정식으로 초대하진 않지만, 오시는 것은 언제나 환영합니다." 소심한 제 성격 탓이라고나 할까요. 제 깜냥으로 대접하고 밤은 좋은 것으로만 골라서 주워가시라고 하면 되겠다는 마음이지요. 그러나 제가 초대해서 오시는 경우는 다르게 느껴집니다. 식사를 대접하는 문제도 그렇지만, 벌레먹은 밤이 태반이어서 승용차 기름 값도 못 건졌다고 여기실까 걱정되지요. 저도 예전에 산밤을 주워온 일이 있었는데, 어쩌다 며칠 지나고 보니 벌레가 생겨서 다 버린 기억이 있습니다. 보관이 어렵고 단단한 겉껍질과 속껍질까지 벗기기가 어려워서 먹어치우는 일이 쉽지 않은 것도 사실입니다.

글을 쓰고 보니 변명의 장이 되어버렸습니다. 혹시 섭섭했던 분들이 계시면, 변명이 아닌 해명으로 받아주시면 고맙겠습니다. 변해명 수필가가 생각납니다. 어떤 자리에서 그를 소개하는 사람이 농담 삼아, 언제나 변명만 하시는 분이라고 덧붙였지요. 그 대응은 "아닙니다. 변명이 아닌 해명입니다."라고 해서 폭소가 터졌지요.

8월 말부터 두 달 가까이 밤을 줍다 보면 가을은 저물어 갑니다. 1주일 정도는 혼자 감당하기 어려울 정도로 쏟아집니다. 하지 않던 일을 하다 보니 허리가 아파서, 원망스럽게 떨어질 밤을 올려다보기도 합니다. 자잘한 밤은 줍고 싶지 않지만, "음식을 함부로 하면 하늘이 벌을 내린다."던 어른들의 말씀이 떠오르지요.

어느 펌글을 읽고

– 청도산방에서 (30)

날마다 카톡을 통해 좋은 펌글이나 생활 속의 명언을 보내주는 고마운 친구가 있습니다. 댓글을 달지 못하는 날이 대부분임에도, 몇 년째 이어지고 있지요. 하루에 두세 차례씩 보내기도 하니, 그 정성이 대단하기만 합니다.

저는 병적인 소심증小心症으로 힘들게 살아왔습니다. 중요하지도 않은 결정을 해야 할 때도 잠을 설치는 일이 많았지요. 은퇴하고 조용한 산골짜기에 살게 되었음에도, 이런 현상은 거의 변함이 없습니다. 이제 전혀 중요하지 않은 일로 고생하고 있으니 제가 생각해도 딱한 일이지요. 이런 소심증은 실수하지 않으려는 완벽주의나 약속을 지키지 못하면 큰일이 나는 줄 아는 강박관념으로 나타나기도 합니다, 이런 저와 같은 사람을 '결정 장애인'이라 부른다고 합니다.

어제는 저에게 딱 필요한, 아니 저의 가슴을 치게 하는 멋진 글이 날아왔습니다. 아! 진작 제가 이 글을 만났더라면 그렇게 힘들게 살지는 않았을 텐데, 왜 이제야 만나게 되었나 싶었습니다.

"지금 내가 하는 이 고민은 10년, 아니 1년 후에도 유효한가? 시야를 조금만 넓혀 본다면, 1년 후엔 기억에서 지워져 버릴 사소한 문제에 지나지 않음을 알게 될 것이다.

사소한 일에 연연戀戀하지 말자. 이 세상의 모든 문제는 생각하기에 따라서 모두가 다 사소하다. 인생을 어느 정도 살아서 노년에 이르렀다면, 심지어 죽고 사는 문제까지도 그렇지 아니한가?

사소한 문제라고 한다면 불완전한 상태로 만족하자. 이것은 어떤 일에 최선을 다하지 말라는 말은 물론 아니다. 이런 마음만 가질 수 있으면, 마음의 평화를 얻을 수 있다.

지나친 집착도, 강박관념도 모두 훌훌 벗어던지자."

문장 하나하나가 엄청난 울림을 주었지만, 그중에서도 저에게 현기증을 일으킨 문장은 이렇습니다.

"이 세상의 모든 문제는 다 사소하다. 죽고 사는 문제까지도 그렇지 아니한가?"

이제 저는 고희를 넘어 망팔望八의 나이를 살고 있다는 사실을 새삼스럽게 깨우치게 해 주었습니다. 저는 친가의 어른들이 모두 단명하셔서, 70까지만 살아도 여한이 없겠다던 말을 한 적이 있었지요.

새삼스럽게 나이를 먹는다는 것에 대해서 생각해 봅니다. 퇴직을 앞두고 만감이 교차했었던 기억을 떠올립니다. 예상한 일이었으면서도, 엄청난 생활 리듬의 변화에 두려움이 컸습니다. 먼저 퇴직한 선배들의 한결같은 말은 "아침 먹고 갈 곳을 잃었다는 상실감은 절벽을 마주한 느낌이다."라고 했었지요. 제가 귀촌을 감행하는데 영향을 끼친 말이기도 합니다.

백수들의 생활을 표현하는 재미있는 말이 있습니다. "하루하루가 무료하기만 하고 세월이 더 빨리 흘러갔으면 싶은데, 달이 가고 해가 바뀌는 것은 현직에 있을 때보다 더 빠르게 느껴진다."는 것이지요.

그렇습니다. 저도 엊그제 퇴직한 듯한데, 어느덧 9년 차를 맞았습니다. 살아온 9년이 순식간에 지나가 버렸듯이, 앞으로의 9년도 그렇게 흘러간다고 하면 너무나 허망한 일입니다.

물론 세월과 함께 나이를 먹어가는 일이 슬픈 것만은 아닙니다. 젊었을 때는 이런저런 욕심 때문에 어려울 수밖에 없었지요. 앞날이 창창한 젊은이에겐 당연히 욕심도 필요합니다. 목표 의식과 선의의 경쟁은 개인으로 보나 어느 집단으로 보나 발전의 촉매제로 작용할 수 있으니까요. 욕심을 내려놓고 마음 편하게 살 수 있는 것은 나이를 먹은 사람만이 누리는 특권입니다.

젊은이들과 대화를 나눌 기회가 있다면 이런 조언을 하고 싶습니다. 더구나 앞으로는 '건강 백세 시대'가 열린다고 하지 않습니까.

"평균 수명이 계속 늘어나고 있으니, 욕심을 내려놓고 마음 편하게 살 수 있는 세월도 멀지 않은 날에 충분하게 보장되어 있습니다. 그런 마음을 가질 수 있다면, 젊은 시절을 사는 동안의 어려움을 쉽게 극복할 수 있을 것입니다."

추운 겨울은 많은 사람을 힘들게 합니다. 동사하는 사람도 꽤 있고, 최근에는 부쩍 늘어난 시설 농업 종사자에게 막대한 타격을 주었습니다. 당연히 농산물 가격은 폭등하게 되었으니 어려운 서민들의 한숨이 깊어집니다. 예전에 어른들이 말씀하시곤 했던 말을 떠올리게 합니다. "그래도 없는 사람에게는 겨울보다 여름이 낫다."는 말이지요.

넷째 마당

청도산방의 겨울

농촌도 桑田碧海

- 청도산방에서 (31)

상전벽해桑田碧海란 말은 변화의 속도가 빠른 도시나 새로운 개발 지구에서 주로 쓰이겠지요. 제가 귀촌한 깊은 산골짜기에서는 겉으로 큰 변화를 느끼기 어려웠습니다.

며칠 전에 외출할 일이 있어서 집을 나섰는데, 도로변에 많은 사람이 나와 있어서 깜짝 놀랐습니다. 6년이 지났지만 그렇게 많은 사람은 고사하고, 한두 명이 서 있는 일도 없는 곳입니다. 요즈음은 논밭으로 일하러 갈 때도 걷는 사람을 만나기는 어렵지요. 사륜 오토바이나 농업용 트럭을 이용하기 때문입니다.

너무나 의아해서 속도를 늦추고 살펴보니 금방 수수께끼가 풀렸습니다. 농업용 드론의 시운전을 구경하고 있었지요. 평야지

대도 아닌 산골짜기 마을까지 농업용 드론이 들어왔다는 사실은 상전벽해란 말을 떠올리기에 충분했습니다.

새삼스럽게 우리나라의 농업기계화 과정을 생각해 보았습니다. 제 고향은 여기보다 더 깊은 산골 마을이지요. 당연하게 농업기계화도 다른 곳보다 늦을 수밖에 없었습니다. 기계랄 것도 없지만, 제가 어린 시절에 볼 수 있었던 것은 족답식 탈곡기가 유일한 존재였습니다.

다음에 보게 된 것은 배낭처럼 등에 짊어지는 작은 분무기였습니다. 제가 초등학교를 졸업할 무렵이었으니 대략 60년 전의 일입니다. 일반적으로 과수원에서 먼저 농약을 뿌렸는데, 당시 처음으로 포도밭이 생겼습니다. 이전까지는 완전한 무농약 농업이었던 셈이지요.

기계랄 것도 없지만, 다음에 만난 것은 리어카입니다. 마을 가운데를 지나는 신작로 말고는 리어카가 다닐 수 있는 길이 없었지요. 60년대 후반에 새마을 운동이 시작되고 리어카 길이나마 만들어졌습니다. 대전에서 학교 다니느라 모처럼 고향에 들렀더니, 종형이 매우 흐뭇해하던 기억이 납니다. 지게로 수확물을 운반하는 것보다 세 배 이상의 짐을 실을 수 있는데, 힘은 훨씬 적게 든다는 것이었지요. 종형의 전답은 지대가 높은 곳에 있어서 짐을 싣고 내려오는 길이기에 더 좋다고 했습니다.

기계다운 기계의 등장은 경운기입니다. 트랙터와 비교할 수는 없지만, 당시 우리나라 실정에 적합한 기계로 농민의 노고를 덜어주는데 크게 기여했다는 평가입니다. 경운기를 한자로 쓸 때는 밭갈 경에 김맬 운耘을 써야 하는데, 짐을 운반하는 용도로도 긴요했기 때문인지 옮길 운運으로 쓰는 사람이 많습니다. 버스가 거의 다니지 않는 벽지에서는 중요한 교통수단이지요. 저의 외가는 당시 버스가 하루 한 번밖에 운행되지 않아서, 면 소재지까지 버스 대용으로 이용되었습니다.

실제로 체험하지 않으면 잘 모르는 경우가 많지요. 저는 논밭을 갈 때 소와 경운기가 그렇게 큰 차이가 나는지 몰랐습니다. 저와 나이 차이가 나는 외종형은 경운기가 낡아서 다시 구매하자고 했다지요. 형수가 앞으로 몇 해나 더 농사를 지을 수 있으려는지 모른다며 반대하자, 경운기 없이는 한 해도 농사를 지을 수 없다고 완강한 태도를 보였답니다. 논밭을 소로 경운하기 위해서는 상당한 길들이기 과정도 필요하고, 그만큼 작업 능률도 차이가 크다 합니다.

저는 귀촌해서 고압분무기의 대단한 성능에 놀랐습니다. 초

기에는 제대로 수확할 만한 밤나무가 열 그루 정도여서 소독을
포기했지요. 열심히 전지와 소독을 해도 소득이 발생하리라 여
기지 않았기 때문이기도 합니다. 문제는 병해충이 많이 발생하
면 이웃에게 피해를 줄 수도 있어서, 수동분무기로 소독을 시도
해 보았더니 여간 어려운 게 아니었습니다.

다음 해 뒷밭의 어르신이 돌아가셨습니다. 제가 바쁜 일이 있기도 해서 걱정하고 있었는데, 고압분무기를 가진 마을 사람이 뒷밭의 소독을 위해 오셨지요. 문제는 트럭에 실려 있는 대형 분무기가 올라갈 수 있는 길이 없었습니다. 따라서 제 밭의 입구에 세워 놓고 뒷밭까지 쏘아 올리는데, 끝까지 소독약이 날아가는 것을 보고 깜짝 놀랐습니다. 고맙게도 제 밤나무까지 소독이 되어서 덕을 보았지요.

트랙터는 우리나라 농업기계화의 끝판왕입니다. 값은 비싸지만, 성능이 대단하고 용도도 매우 다양합니다. 큰 단지의 밤나무밭은 헬리콥터로 소독을 하는 경우도 있지만, 이용 범위가 제한적이지요. 헬리콥터를 요긴하게 대신할 수 있는 것이 드론으로 여겨집니다.

얼마 전에 TV에서 보았지요. 연구 결과에 의하면 벼농사에서 이앙 대신 직파를 하면, 노동력은 획기적으로 줄어들고 수확량은 별 차이가 없다고 합니다. 드론이 벼 직파에 이용된다고 하니, 이제 농업용 드론을 자주 보게 되겠지요. 그야말로 상전벽해桑田碧海입니다.

事人如天

– 청도산방에서 (32)

중학교 때의 일이 떠오릅니다. 무려 60년이 가까운 예전의 이야기입니다. 영어 선생님께서 수업 중에 저를 지목하고 질문을 던지셨습니다. "갑자기 10억이 생긴다면 어떻게 쓰겠느냐?" 중학생인 저에겐 상상할 수도 없는 돈이어서 말문이 막히고 말았습니다.

이런 말씀을 드리는 이유가 있습니다. 평생 근검절약하여 모은 정재淨財 300억을 쾌척하여 한일고등학교를 세우신, 현재 한조해 선생을 기리기 위함입니다. 이제 전국적으로도 유명한 명문고가 된 이 학교의 역사도 어느덧 40년에 가깝습니다. 당시보다 부동산 가격이 폭등한 것을 생각하면, 당시의 300억은 현재의 1,000억도 훌쩍 넘는 금액이겠지요. 저는 이 학교가 있는 지역으로 귀촌했기에 너무나 훌륭하신 그분을 알게 되었습니다.

　귀촌하던 해는 참으로 바쁘게 보냈습니다. 겨울이 오고 많은 눈이 내렸지요. 시설 농업이 발달해서 겨울에도 바쁜 농부가 많지만, 저는 귀촌이어서 할 일이 딱 끊겼습니다. 퇴직 후에 어떻게 소일하느냐고 묻는 사람에게, '야구중계 시청'이 직업이라고 답변한 적이 있습니다. 야구도 없는 겨울은 이래저래 실업자가 되는 계절입니다.

　제가 사는 곳은 공주 땅이지만, 천안 생활권에 가깝습니다. 천안의 도서관을 주로 이용하고 있는데, 곡두재의 터널을 통과해야 하는 겨울에는 정안의 작은 도서관을 이용합니다. 자동차를 이용하여 터널로 통과하지만, 상당한 급경사지를 오르내려야 하고 응달이어서 위험합니다. 한 달에 20권 정도의 책을 빌려다 읽고 상을 받기도 했지요. 도서관 이용자가 매우 적어서 오후 1시에 문을 엽니다. 하루는 다른 볼일이 일찍 끝나서, 바로 옆에 있는 정안천변으로 산보를 나섰습니다.

　깜짝 놀랄 일이 일어났습니다. 잘생긴 많은 청년들이 다리를 건너오고 있었습니다. 모두 머리를 짧게 깎아서 군인인가 했는데, 군복을 입은 것은 아니었지요. 인근에 부대도 없으니 군인은 아니라는 판단이 섰습니다. 조금 후에 다시 그런 청년들이 또 몰려옵니다. 인적이 드문 시골이어서 알 수 없는 일이었지요. 저는 궁금증을 참지 못하고 물었더니, 한일고 학생이라는 답변이었습니다.

오래전의 일이어서 잘 기억이 나지 않습니다. 정안에 좋은 시설의 학교를 세우고, 전국의 영재들을 모아 교육하는 훌륭한 독지가를 소개하는 기사를 읽은 기억이 살아났습니다. 산에 가려서 보이지 않지만, 그 학교가 걸어서 5분 거리에 있다는 것이 아니겠습니까? 저는 마침 걷고 싶기도 하고, 그 훌륭한 독지가가 세웠다는 전국 최고의 명문 학교를 보고 싶어서 바로 찾아갔습니다.

풍수지리를 알지 못하지만, 배산임수의 명당임을 한눈에 알 수 있었습니다. 차가 거의 다니지 않는 작은 도로에서 적당한 거리와 알맞은 높이에 우람한 자태를 뽐내는 학교는 진입로도 아름다웠고, 왼편으로 연못이 있는 정원과 운동장 주변도 잘 가꾸어져 있었습니다.

놀랄 일이 또 기다리고 있었습니다. 학교 설립자에 대한 기사를 읽은 것이 그렇게 오래 전의 일이 아닌 것으로 기억하고 있었기에, 그 분이 돌아가셨으리라고는 생각지 못했지요. 뒷산에 모셔진 그의 묘소를 만나게 되었는데, 그것도 1997년, 벌써 25년 전의 일이 되었습니다. 어느 유명한 관광지를 찾은 것보다 감동을 맛볼 수 있는 시간이었습니다.

인터넷을 통해 한일고등학교와 설립자 현제 한조해 선생에 대해 자세하게 알게 되었습니다. 학교가 들어선 곳은 아홉 정승이 태어난다는 전설의 구작골입니다. 아홉 봉우리로 둘러싸여 있으면서 경관도 더없이 아름답고 조용하며, 전혀 오염되지 않은 청정지역입니다. 전국의 영재들만 모여든 학교라고 하지만, 내신등급 최하위인 9등급의 학생이 서울대학교에 합격한 이야기가 전설처럼 전해지고 있습니다.

현제 선생께서는 1913년 함경도에서 태어나셨습니다. 어린 시절 지독한 가난으로 약 한 첩 못 써보고 동생을 잃은 아픔이 한의사의 삶을 살게 했습니다. 6·25전쟁 때 국군이 진격해 오자, 밥을 지어주는 군무원으로 취업합니다. 이어 1·4후퇴 때 국군을 따라 남하하였는데, 그것이 부모님은 물론 부인과 두 아이, 그리고 형제들과도 영원한 이별이 되었다고 하지요.

한의사의 꿈을 안고 한의원에 취직합니다. 주경야독에 매진하느라 40줄에 이르도록 하루에 4시간 이상 잔 일이 없다고 합니다. 한의사 시험에 도전하기를 무려 14번 만에 드디어 꿈을 이루고, 서울 후암동에서 진료를 시작합니다. 이후 환자를 내 몸처럼 돌보는 인술을 펼치며 신의神醫로 칭송을 받게 되었지요. 평생 한복 바지저고리에 고무신만을 고집하며 철저한 근검

절약으로 사셨습니다. 그렇게 모은 정재는 한일고를 세우는 데 쓰입니다. 전에 사 놓은 땅은 양평종고를 세우는 데 희사했고, 다시 성남에 사 놓은 땅은 학교 설립인가를 받을 수 없어서 이곳을 찾게 되었지요.

38년 전의 일입니다. 학교를 세우겠다고 땅을 사기 위해 지역 유지들의 협조를 구했습니다. 검소한 한복 차림에 검정 고무신을 신은 그의 모습은 믿음이 가지 않았다고 합니다. 지역 농협 조합장은 내일 아침까지 통장에 1억을 입금하면 협조하겠다고 했다는 후일담을 남겼습니다.

전교생을 수용하는 기숙사를 비롯한 최고의 시설과 교사에 대한 최고의 대우를 약속하고, 전국의 영재들을 모아 1987년에 개교했습니다. '사인여천 실천궁행'의 창학 정신으로, 동량을 키워내는 육영 사업은 놀라운 성과를 거두고 있지요.

이따금 사학 비리가 사회적 공분을 사고 있지만, 현재 선생께서는 학교 운영에 전혀 간섭조차 하지 않으셨다고 합니다. 교육에 대해서는 아는 것이 없으니, 자기는 그냥 학교 운영비만 대겠다고 했고, 그 약속은 끝까지 변함이 없었습니다. 초기에는 교장만 그를 볼 수 있었고, 개교식 때도 몰래 다녀갔다니 놀라운 일이지요.

사실은 재정적 지원만 한 것이 아닙니다. 마치 자식의 성공을 간절하게 기원하는 어머니가 새벽마다 정화수를 떠다 놓고 기도를 드리듯이, 캄캄한 꼭두새벽에 우물물을 길어 학교 뒷산에 오르곤 했다고 합니다. 천신, 지신에게 학생들이 훌륭한 인재로 성장하게 해 달라고 두 손을 모았다고 합니다. 그 일은 학교를 짓는 과정에서부터 돌아가시기 전까지 꾸준하게 이어졌다고 하지요.

한동현 현 이사장은 현제 선생의 아드님입니다. 그는 목장을 경영하는 낭만적인 꿈을 안고 건국대학교 축산대학에 진학했다고 합니다. 다행이라면 다행이랄까, 목장 경영이 낭만적인 일만은 아니라는 걸 바로 알게 되었다고 하네요. 다음 해에 경희대학교 한의과대학에 진학하여 가업을 잇게 되었는데, 처음에는 아버지의 후광에 기대고 싶지 않아서 독립했었습니다.

선친의 유훈을 받들어 정성을 다하는 진료를 통해 그 역시 의료인으로 성공하게 됩니다. 덕분에 한일학원은 100억 이상의 재정 지원을 받을 수 있게 되었지요. 예전에 사학 운영을 축재 수단으로 악용한 사람도 있었다는데, 대를 이은 두 분의 한일고 사랑은 참으로 귀감이 아닐 수 없습니다.

그럴 일은 절대 없겠지만, 만일 1,000억이 생긴다면 현제 선생처럼 학교를 세우고 싶다는 생각을 가져보았습니다. 더 많은 돈이 생긴다 해도, 대학이 아닌 고등학교를 세우고 싶습니다. 한창 정신적인 성숙기에 있는 고교생들에게 올바른 정신을 심어주는 교육이 더 값지다고 생각하기 때문입니다.

다시 생각해 보니 1,000억이 생긴다 해도 걱정입니다. 학교를 세우는 것이 문제가 아니라, 학교를 운영하기 위해서 더 많은 돈이 필요하기 때문입니다. 한동현 이사장께서 대를 이어 계속 투자를 하고 있으니 말입니다.

좋은 추억 길어 올리기

- 청도산방에서 (33)

귀촌하고 제가 즐기는 프로그램은 아침마당, 그중에서도 '도전, 꿈의 무대'입니다. 노래를 '3분의 감동 드라마'라고 합니다. 더구나 여기서는 그냥 노래만 부르는 것이 아니라, 가수 인생에 얽힌 기막힌 사연과 함께합니다. 어쩌면 그렇게도 구구절절한 사연을 가진 분들이 많은지, 종종 눈물을 글썽이기도 하지요.

지난 어느 날은 더욱 특별했습니다. 이 프로그램이 만들어지고 만 4년이 지난 기념으로 편성된 특집 방송이었지요. 많은 5승 가수가 탄생했지만, 특별히 표를 많이 얻은 가수 12명이 일단 예선전을 거쳤습니다. 이들 중에서 결선에 오른 5명이 왕중왕을 겨루었기 때문입니다.

진행을 맡은 아나운서는 방청석을 향해서, 오늘은 '어머님들이 계 타는 날'이라고 했습니다. 또한, 아침마당 '도전 꿈의 무대'에서 5승을 거둔 가수들의 후일담을 들어보는 자리이기도 해서 그 의미가 더욱 각별했습니다.

제가 습작기에 만난 어느 선배께서 하신 말씀입니다. "수필은 품격의 문학이다. 살아가는 이야기를 쓰되 가능한 한 비속어를 피해야 하고, 때 묻은 단어도 쓰지 말아야 한다." 제 나름의 편견이겠지만, '계'라는 단어가 이상하게도 때 묻은 단어처럼 여겨졌습니다. 저는 계를 들어본 일은 없지만, 마치 즉석 복권에 당첨된 것처럼 좋은 추억이 있습니다.

무려 44년 전의 일입니다. 천안에 첫 발령을 받고, 자연스럽게 서울시립대학교 천안 동문회에 참여하게 되었습니다. 근무하는 학교에 선배가 네 분이나 계셨지요. 여기서 학교를 밝힌 이유는 제가 전문대학을 졸업하고 편입했는데, 동문이 많은 전문대학 천안 동문회에도 참여했기 때문이지요.

교직에 있는 동문 이외의 선배들은 대부분 수의사였고, 동물병원을 운영하고 있어서 월례회 참석이 부진했습니다. 제가 첫 모임에 갔을 때, 어떤 선배의 제안입니다. 참석을 독려하는 의미로 월례회에 계모임 성격을 가미하자는 것입니다. 회비를 만 원씩 걷어서 추첨을 하여 당첨자에게 10만 원을 주고, 나머지로 식사를 하자는 것이었지요. 그 의견에 이의를 제기하는 사람은 없었습니다.

당시 만 원은 큰돈이었으니, 10만 원은 말할 것도 없습니다. 제 첫 월급의 수령액이 그 정도였으니까요. 퇴직 적립금인 기여금은 군 경력까지 공제했고, 그밖에도 공무원 의무적금이나 교원공제회비, 친목회비 등을 제하고 나면 한 달 생활비로 빠듯했습니다. 하숙비가 4만 원이었고, 어머니께 드릴 생활비와 품위유지비라고 하는 용돈을 떼어놓으면 남는 돈이 없었습니다.

문제는 첫 발령과 함께 아우가 대학에 입학해서 다음 학기 등록금을 6개월 동안에 비축해야 했습니다. 당시는 봉급 이외에 상여금이나 다른 수당이 전혀 없었지요. 예상치 못한 지출 요인이 발생하면 가슴이 덜컥 내려앉을 지경이었습니다. 친분이 적은 사람의 애경사는 챙길 여지가 없던 기억이 아픔으로 남아 있습니다. 소심한 저는 오랜 후에라도 애경사에 도리를 못한 사람을 만나면, 중죄인의 심정이 되곤 했습니다.

　다음 달의 모임이었습니다. 환담을 하며 식사를 마치자, 막내인 저에게 즉석에서 추첨 준비를 하라고 했습니다. 계산대에 가서 종이를 얻어, 간단하게 가위표 13장에 한 장만 동그라미를 그렸지요. 그렇게 만들어진 추첨용지를 접어서 모자에 담아 한참을 휘저은 뒤에 한 바퀴 돌았습니다. 나머지 한 장이 제 몫인데 저는 펼칠 생각도 않고 자리에 앉으며 둘러보았습니다. 어찌 된 일일까요? 이상하게도 손을 드는 사람이 없었습니다.

　떨리는 손으로 제 몫의 추첨용지를 펼쳐보니, 거기에 동그라미가 환하게 웃고 있었지요. 지난달은 신입회원이라고 회비를 면제받았고, 조금 전에 낸 만 원이 열 배로 튀겨져 돌아왔습니다. 아니, 4개월 후의 아우 등록금 걱정을 한 방에 날려준 잊을 수 없는 좋은 추억이 되었습니다.

어머니께서는 초저녁잠이 많으셔서 저녁만 드시면 이내 꾸벅 꾸벅 졸곤 하셨지요. 주무시라고 하면 벌써 자느냐고 하시곤 금방 또 조시는 모습이 딱하기 그지없었습니다. 이제 어머니를 닮은 제가 따라 하고 있습니다. 심한 경우에는 저녁 8시 이전에 잠자리에 드는 경우도 있지요. 문제는 그런 다음 새벽 3시에 잠을 깨어 다시 잠을 이루지 못해 고생합니다. 책을 읽으면 좋겠지만, 눈을 혹사할 수 없어서 그냥 누워있다 보면 하지 않아도 될 걱정으로 이어지는 경우가 많습니다.

마음대로 되지 않는 것이 우리 인생이라고 하지만, 마음을 바꾸기는 그보다 쉽지 않을까 여겨집니다. 이제라도 쓸데없는 망상 대신에 좋았던 기억, 유쾌했던 추억, 고맙고 흐뭇했던 일들만 떠올릴 수 있었으면 좋겠습니다.

오늘처럼 잊었던 좋은 추억을 길어 올리면서, 버티다 보면 코로나19도 물러가겠지요.

산촌에 눈이 쌓인

- 청도산방에서 (34)

'이유 없이 좋아한다.'는 말이 있습니다. 그렇게 좋아하게 된 저의 애창곡은 박목월의 시에 곡을 붙인 '이별의 노래'입니다. 예전에는 즐거운 저녁 모임을 마치면 노래방으로 몰려가기도 했었지요. 저는 차례가 오면 '섬마을 선생님'을 불렀습니다. '이별의 노래'를 부르다가 "분위기 파악도 못 하고, 성악가 흉내를 낸다."고 가까운 친구로부터 지청구를 먹은 적이 있기 때문입니다. 많이 부른 노래가 아닌 진짜 애창곡은 '이별의 노래'가 분명합니다.

어쩌다 이 노래를 부르게 되면 3절까지 부릅니다. 노래방 기계에는 2절까지만 반주가 나오지만, 잔뜩 감정을 실어 무반주로 이어갑니다. "산촌에 눈이 쌓인/ 어느 날 밤에/ 촛불을 밝혀 놓고/ 홀로 울리라"라는 구절 때문입니다. 김성태 작곡가도 이 구절에 매료되어 즉흥적으로 곡을 완성했다고 전해집니다. 앞에서 '이별의 노래'가 이유 없이 좋아하는 노래라고 했는데, 그 이유가 여기에 있었나 봅니다.

깊은 산골짜기에 들어와 있다는 느낌이 가장 절절할 때는 폭설로 출타가 어렵게 되는 경우입니다. 꼭 참석해야 하는 모임을 앞두고 폭설이 내리면 잠을 설쳐야 합니다. 그렇다고 나쁘기만 한 것은 아닙니다. 이웃 마을의 어떤 작가는, "겨울에 별로 내키지 않는 모임에 빠질 수 있는 좋은 명분이 된다."고 해서 함께 웃었지요.

우리 인간은 자기 합리화의 지혜를 가졌지요. 사실 꼭 시내에 나가야 할 일이 그렇게 많은 것은 아니지요. 인간적인 의리를 저버릴 수 없기에, 아니면 차마 싫다고 말할 수 없기에 나가는 경우가 더 많습니다. 사교성이 부족하고 사람 만나는 일을 즐기지 않기에 이처럼 확실한 명분이 고마울 수도 있습니다.

사실 눈길을 운전하는 것은 위험한 일이기도 합니다. 현직에 있으며 도시에서 살 때는 몰랐던 일입니다. 눈이 많이 내리면 승용차를 두고 걸어서 출근하는 사람이 꽤 있었습니다. 택시를 잡기가 매우 어렵기도 했지요. 어떤 사람이 이런 말을 하는 걸 들

없습니다. "젊은이면 몰라도 걷다가 넘어져서 골절상을 입으면 큰일이다. 눈길은 전혀 속력을 낼 수 없으니, 큰 사고는 나지 않는다. 골절상을 당하는 것보다 가벼운 접촉사고를 당하고 보험 처리를 하는 것이 낫다." 이 말에 공감한 저는 눈이 왔다고 시내 운행을 멈춘 일이 없었지요. 다행히 눈길에 미끄러지는 사고는 없었습니다.

그 말은 귀촌하고 효력을 상실했습니다. 길이 다 녹았기에 자동차를 몰고 나섰다가 드디어 사고를 당하게 되었지요. 산그늘로 인해서 부분적으로 눈이 녹지 않은 곳에서 미끄러지고 말았습니다. 큰 사고는 아니었지만 사고 수습과정에서 일이 묘하게 꼬여 마음고생을 많이 했습니다. 시골의 눈길은 시내와 다르다는 걸 배웠고, 수업료를 톡톡히 낸 셈입니다.

큰길에서 갈라져 저 혼자 이용하는 길이 100미터 가까이 되지요. 눈 치우는 일을 걱정했는데, 힘들게 느껴진 것은 1년에 서너 차례 정도입니다. 경사진 곳만 대략 치우면, 양지바른 곳이어서 햇볕에 쉽게 녹아 차량 운행에 지장이 없습니다. 눈을 치우는 고생은 뒷산의 아름다운 설경이 충분하게 보상해 주었지요. 멋진 금강송이 많아서 장관입니다.

눈이 많이 쌓이면, 더구나 어둠이 내리면 차량 통행은 완전히 끊깁니다. 새롭게 펼쳐진 신천지는 그야말로 적막강산이지요.

이처럼 아름답고 평화로운 풍경이 또 있을까요. 하늘이 내려주시는 이런 큰 선물이 또 있을까요. 그런 날은 '이별의 노래'를 크게 틀어놓고 촛불을 밝혀야 합니다. 외딴집이어서 신경을 써야 할 이웃도 없습니다. 마냥 분위기에 취해서, 산골짜기로 귀촌한 행복을 누리기만 하면 되지요.

새롭게 만난 마곡사

- 청도산방에서 (35)

자주 만나면 정이 드는 것은 인지상정人之常情이겠지요. 제가 귀촌하고 즐겨 찾는 곳이 마곡사입니다. 승용차로 10분 거리에 있는 유명한 명승지여서, 마곡사와 새로운 만남이 이루어졌습니다.

대전이나 천안에 살고 있으면서 마곡사는 처음이라는 사람도 꽤 있어서 뜻밖이었습니다. 2018년, 유네스코 세계문화유산으로 등재된 천년고찰이기에 찾아갈 만한 의미가 더욱 커졌습니다. '춘 마곡 추 갑사'란 말이 있는 것처럼 신록이 아름답기로 유명하지요. 대전이나 천안이라면 한나절만 시간을 내도 다녀갈 수 있습니다.

우리나라는 세계적인 문화강국으로 등극하게 되었지요. 여기에는 마곡사를 비롯한 영주 부석사, 안동 봉정사, 양산 통도사, 보은 법주사, 순천 선암사, 해남 대흥사 등 일곱 개의 사찰도 기여했다고 여겨집니다.

유성에 사는 질녀가, 마곡사는 처음이라고 해서 갖게 된 생각입니다. 저를 찾아오는 친지들에게 마곡사를 잘 안내할 수 있게 준비하기로 했습니다. 어느 정도 알고 있는 내용도 막상 설명하려면 쉽지 않지요. 교사가 학생들을 잘 가르치기 위해서는 가르칠 내용보다 두세 배를 더 알아야 한다던 말을 상기하게 되었습니다. 중요한 내용이라 해도 기억하기 어려운 단어와 장황한 설명은 피하고, 흥미를 유발할 수 있도록 노력하였습니다. 이동하는 사이에는 여러 차례 한국불교연구원의 연수회에 참석하여 배운 기본 상식을 곁들이기도 합니다.

우선 전체적인 개요를 최대한 압축해서 설명합니다. 자장율사가 당나라에서 돌아와 640년에 창건한 절로, 여러 차례 화재를 겪은 후에 고려 중기에 지눌知訥에 의해 중건되었습니다. 이후 지금의 두 배가 넘는 대가람의 규모를 자랑했으나, 임진왜란 때 대부분 소실燒失된 적이 있었지요. 그 후에 많은 복구가 이루어졌지만, 정조 때 영산전과 대웅전을 제외한 건물이 모두 다시 불타고 말았습니다.

독립운동가 김구 선생이 일본 헌병을 살해하고, 피신해 있던 곳으로도 유명합니다. 그리고 템플스테이 명소로 많은 사람이 찾고 있으며, 절에서 가까운 곳에는 훌륭한 시설의 한국전통문화연수원이 운영되고 있지요. 전국적인 대규모 행사나 연수회 장소로 애용되고 있는데, 다녀온 사람은 훌륭한 시설을 극찬하곤 합니다.

늦여름과 초가을에는 절 입구부터 대웅전을 거쳐 연수원에 이르는 산책로까지 꽃무릇의 장관이 펼쳐집니다. 상사화라는 꽃 이름이 매력적이기도 하지요. 꽃이 필 때는 잎이 없어서, 꽃과 잎이 서로 그리워할 수밖에 없는 숙명을 지녔기에 붙여진 이름입니다.

가장 먼저 만나는 건물은 영산전입니다. 세조가 이곳에 들렀을 때 직접 쓴 편액이 유명한데, 경내에서 가장 오래된 조선 후기의 목조 건물이지요. 이곳에는 1,000불이 모셔져 있어서, 삼배三拜 만으로 삼천 배의 효험을 얻게 된다는 설명에는 모두 환한 웃음을 터트리게 됩니다.

영산전에서 나와 극락교를 건널 때는 다리 아래로 흐르는 풍부한 수량의 맑은 물이 세속에 찌든 마음을 맑아지게 합니다. 다른 연못과는 달리 자연 상태의 하천에서 자라는 많은 물고기가 유영하는 모습은 보는 즐거움도 특별합니다.

다리를 건너면 원나라의 영향을 받았다는 라마교 탑과 비슷한 독특한 형태의 5층 석탑을 먼저 만납니다. 탑을 살펴보고 나면 대광보전을 마주하게 되지요. 대부분의 사찰은 대웅전이 중심을 잡게 마련인데, 마곡사는 대웅보전 앞에서 먼저 만나게 되는 법당 건물입니다.

법당 바닥에는 참나무 목질로 짠 돗자리가 깔려 있습니다. 지금은 그 위에 양탄자를 덮어서 보이지 않는데, '삿자리'라고 부르는 이 돗자리에는 재미있는 전설이 전해져오고 있습니다. 옛날에 어느 앉은뱅이가 100일 기도를 올리며 이 삿자리를 짰다고하지요. 지극정성으로 앞에 있는 비로자나불에게, 불편한 다리를 낫게 해 달라고 기도를 드렸습니다. 이윽고 100일 만에 삿자리를 완성하고 마지막 기도를 드렸는데, 본인도 의식하지 못한채 가볍게 일어나서 법당을 나서게 되었다 합니다.

대광보전을 나와서 오른쪽 계단을 오르면 대웅보전입니다. 우리나라의 여러 사찰에는 많은 목조 건축물이 있지만, 이런 형태의 중층구조는 매우 드물다고 하지요. 조선 중기의 사찰 건축양식을 대표하는 귀중한 문화재입니다. 밖에서 2층으로 보이는 것과는 달리, 내부는 통층으로 되어 있지요. 대광보전과 함께 이용되는 본전으로 석가모니불을 중심으로 약사여래불과 아미타불을 모시고 있습니다.

대웅보전 바로 옆에는 할미꽃을 비롯한 아담한 야생화 꽃밭이 잘 가꾸어져 있습니다. 봄이면 요즈음 보기 어려운 다양한 야생화들을 만날 수 있어서, 나이가 든 사람들은 진한 향수를 느끼게 되지요. 대웅보전의 바로 뒤에는 병풍처럼 둘러싸고 있는 울창한 숲이 청량감을 선사합니다.

계단을 내려와 하천 쪽으로 발걸음을 옮기면, 백범이 은거할 때 심었다는 향나무와 함께 백범당을 만나게 됩니다. 여기서는 서산대사의 선시가 눈길을 끄는데, 제가 개교와 함께 부임했던 온양용화고의 중앙 현관에 게시되어 초창기 학생들에게 큰 의미를 선사했던 기억을 되살립니다.

踏雪野中去	눈 덮인 들판을 걸을 때
不須胡亂行	함부로 이리저리 걷지 말라
今日我行跡	오늘 내가 남긴 발자취는
遂作後人程	후대인에게 길잡이가 되리니

걷기 좋은 계절이면 시냇물 소리를 즐기며 연수원까지 올라갔다가 내려와도 좋지요. '솔바람 길'로 명명한 3~4개의 등산로도 훌륭합니다.

제가 학교에 근무할 때, 봄과 가을이면 학생들의 소풍 장소를 어렵게 결정하던 기억이 떠오릅니다. 수요자 중심이라는 명분으로 학생들의 희망 조사를 하게 되면, 으레 소풍 장소는 유명한 놀이 공원으로 결정되곤 했지요. 그것은 우리의 소중한 문화유산을 소홀하게 여기는 셈이 되었습니다.

　백제의 고도, 가볼 만한 곳이 너무나 많은 공주에서도 으뜸으로 꼽을 수 있는 마곡사입니다. 자연경관, 볼거리, 그리고 배울 내용 등 삼박자를 갖추었기에 여러 차례 방문해도 좋은 곳이지요.

3전 3패

– 청도산방에서 (36)

"우린 늙어가는 것이 아니라, 조금씩 익어가는 겁니다."라는 노랫말이 떠오릅니다. 저는 그 노래를 처음 들었을 때, 위안이 되기보다는 조금은 서글픈 느낌이 들었던 기억이 있습니다. 아마도 당시에 제 기분이 가라앉아 있었나 봅니다. 나이를 먹고 은퇴해서 좋은 점도 많지만, 아무려면 빛나는 청춘보다 낫다고 할 수야 없겠지요.

그 무렵에 저는, 나이가 들면서 기다림의 대상이 크게 줄었다는 생각을 했었지요. 큰 기대와 희망을 품고 하루하루를 간절하게 기다릴 대상이 있다는 것은 얼마나 큰 삶의 활력소이겠습니까. 오래된 기억은 그만두고, 처음 책을 낼 때만 해도 꽤 즐겁고 흥분을 감출 수 없었지요. 이제 그런 감정을 맛볼 수 있는 일이 있을지 모르겠습니다.

　요즈음 저에겐 작은 기다림의 대상마저 하나밖에 없습니다. 두 외손녀의 재롱을 볼 수 있는 날이지요. 코로나19 이전에는 두 달에 한 번 정도는 그럴 기회가 있었는데, 이제 딸이 온다고 하면 머리가 복잡해집니다. 매일 코로나19 소식으로 도배가 되는 뉴스를 접하며 스트레스가 이만저만이 아니기 때문입니다. 아무래도 겁이 나서 만일의 경우를 생각하게 됩니다. 상황을 지켜보며 조금만 더 기다려 보자면서 전화를 끊고 나면, 두 외손녀의 얼굴이 어른거리며 눈물이 핑 돌았습니다.

　외손녀가 태어나면서 직장 생활을 하는 딸이 육아 문제로 고생하는 것을 보고, 초등학교에 입학할 날을 간절하게 기다려왔습니다. 육아 걱정을 한시름 덜게 되는 고비로 여겼던 것이지요. 드디어 어제는 손녀가 신입생 예비소집에 다녀왔다는 소식을 듣게 되었습니다.

　외손녀가 자라는 모습을 보며, 딸의 어린 시절과 함께 떠오르는 말은 "자식을 이기는 부모가 없다."입니다. 딸의 나이가 아주 어렸던 시절의 이야기입니다. 저는 딸과의 설전舌戰에서 3전 3패, 그것도 모두 완패를 기록하고 말았습니다.

　연년생의 두 아이를 키우는 일은 쉬운 일이 아니었지요. 당시만 해도 천 기저귀를 사용했는데, 많을 때는 한꺼번에 50개 정도를 세탁해야 했습니다. 저는 방학 중이어서 기저귀를 널고, 마르면 걷어다가 접는 일을 맡았지요. 그것만도 큰 일거리였지만, 딸아이의 비위를 맞추는 일은 더 어려웠습니다. 오죽하면 땡볕에 밭을 매는 것보다 힘든 일이 '애 보기'라고 했겠습니까.

하루는 시간을 보내는 데 도움이 될까 싶어서 숫자 공부를 시켜보려고 했습니다. 1에서 9까지 숫자를 적어가며 설명을 하고 있었지요. 딸은 6과 9가 똑같이 생겼는데, 왜 다르게 읽느냐고 따지는 것이었습니다. 저는 6은 동그라미가 아래에 있고, 9는 위에 있다고 천천히 알아듣게 설명을 하며 이해시키려 노력했지요. 듣고 있던 딸은 그래도 똑같이 생겼지 않느냐고 우기는데, 저는 어쩔 도리가 없었습니다. 그냥 패배를 인정하고 나서, 곰곰이 생각해도 딸을 이길 묘안이 떠오르지 않았습니다.

서산으로 발령을 받아 그곳에 살게 되었습니다. 대산 공단이 갑자기 개발되면서, 전세를 배로 올려달라고 하더군요. 마침 대지를 하나 사 놓은 것이 있어서, 차라리 조립식으로 집을 짓고 사는 것이 낫겠다 싶었습니다. 전세금을 올려주기 위해 돈을 빌리는 일이 싫었기 때문이기도 합니다. 아이들도 어리고 해서 작게 지으면 전세금의 반으로 지을 수 있다고 하고, 무엇보다 1주일이면 입주가 가능하다고 해서 선택한 방법이었지요.

당시만 해도 가끔 정전되곤 했습니다. 하루는 예고 없이 전기가 나갔는데, 달빛도 전혀 들어오지 않아서 칠흑 같은 어둠에 묻혔습니다. 양초를 찾기 힘들다고 하자, 딸은 "TV를 켜고 찾으면 되잖아!"라며 큰소리로 나무라듯 말했습니다. 저는 어처구니가 없다는 웃음을 지으며, 전기가 나갔는데 어떻게 TV를 켜느냐고 했지요. 딸은 아니라며 얼른 TV를 켜는데, 세상에 이게 어찌 된 일인가요. 뜻밖에도 환하게 화면이 켜졌으니, 저는 또 완패를 당한 셈이었습니다. 당시 승압昇壓 공사를 한 직후였지요. 사용하던 가전제품의 불편함을 고려해서, 양 전압으로 전기가 공급되고 있었는데, 저는 정전 현상은 당연히 양 전압 모두 해당하는 줄 알았습니다.

하루는 비싼 장난감을 사 달라고 떼를 쓰는 것이었습니다. 비싼 장난감을 사 주는 일은 부담이어서, 돈이 없다고 시치미를 뗄 수밖에 없었습니다. 당시만 해도 신용카드를 사용하기 전이었지요. 딸의 반응은 간단했습니다. "은행에 가면 주잖아?" 저는 또 복잡한 설명이 필요했습니다. 은행에서는 내가 맡겨놓은 만큼 돈을 주는 것이지, 지금은 다 찾아 썼기 때문에 다음 봉급날까지 기다려야 한다고요.

역시 딸의 대답은 간단했습니다. 그럼 주나 안 주나 당장 은행에 가 보자는 것이었지요. 막무가내로 손을 잡아끌며 떼를 쓰는데 달랠 방법이 없었습니다. 방학 중이면 딸과 함께 은행에 간 적이 몇 번 있었습니다. 물론 은행에서는 한 번도 잔액이 부족하다고 돈을 내주지 않은 적은 없었지요. 어쩌면 어린 딸의 소견으로는 당연한 주장인 셈이었습니다.

결국 저는 3전 3패를 기록하고 말았습니다. 문제는 말귀를 알아들을 만한 나이가 되어서도 거의 이길 수 없었다는 점입니다. 아마 100전 95패쯤 되지 않았을까 짐작됩니다. 프로야구는 꼴찌 팀도 거의 4할 정도의 승률을 유지하는데, 이 정도면 너무 일방적인 패배가 아닌가 싶습니다.

"부모는 전생에 자식의 빚쟁이였다."고 했던가요. 어느 책에선가 그런 말을 읽은 기억이 납니다. 부모가 자식에게 갚아야 하는 빚은 아무리 갚아도 끝이 없나 봅니다. 더 딱한 일은 이제 두 외손녀에게까지 빚을 갚아야 합니다. 그렇지만 어쩌겠습니까. 그저 갚을 수 있는 능력 안에서만 갚아도 되는 것이 천만다행일 따름이지요.

청도산방의 겨울

- 청도산방에서 (37)

며칠 좀 덜 춥다 싶었는데, 다시 한파 특보가 발령되었습니다. 유난스럽게 일찍 시작된 겨울이었습니다. 눈도 많이 내리고 강추위가 기승을 부리고 있는데, 의아하게도 그 이유는 지구 온난화 때문이라고 합니다. 그 영향으로 북극의 빙하가 너무 많이 녹았는데, 해수면이 높아지는 것만 걱정이 아닙니다. 일정하게 형성되어 있던 냉기류가 확장되어, 그 냉기류가 우리 한반도까지 밀려 내려왔기 때문입니다.

추운 겨울은 많은 사람을 힘들게 합니다. 동사하는 사람도 꽤 있고, 최근에는 부쩍 늘어난 시설 농업 종사자에게 막대한 타격을 주었습니다. 당연히 농산물 가격은 폭등하게 되었으니 어려운 서민들의 한숨이 깊어집니다. 예전에 어른들이 말씀하시곤 했던 말을 떠올리게 합니다. "그래도 없는 사람에게는 겨울보다 여름이 낫다."는 말이지요.

눈이 많이 내린 만큼 제설제로 인해서 고사하는 가로수도 엄청나게 많다고 합니다. 아직 그 심각성을 느끼지 못하는 분들이 많겠지요. 더욱 걱정스러운 것은, 지구 온난화가 해결되기 어려운 문제인 만큼 앞으로 우리가 겪게 될 피해가 계속 늘어날 수밖에 없다는 점입니다.

전혀 예상치 못했던 이러한 피해를 보면서 누구를 원망하겠습니까? 결국 이 문제도 우리 인간들의 인과응보로 생각할 수밖에 없지요. 산업화 현상에 따라 화석연료의 사용이 급격하게 늘어난 것이 온난화의 결정적 원인으로 해석하고 있으니까요.

어떤 어린이의 인터뷰가 떠오릅니다. 어린이에겐 전혀 예상치 않은 답변이었습니다. 새해를 맞아 어떤 사람이 되고 싶으냐는 질문에 "쓰레기를 버리지 않아서 지구 온난화를 해결하는데 앞장서는 어린이가 되겠다."는 대답이었습니다. 그만큼 환경문제는 심각한 지경에 이르렀나 봅니다. 환경문제의 핵심이라고 하는 지구 온난화의 문제는 쓰레기 하나 버리는 것과도 깊은 관련이 있습니다.

쓰레기를 함부로 버려서 쓰레기가 늘어나면 그 처리 과정에서 많은 탄소가 발생합니다. 버려지는 만큼 새로운 생산이 이루어져야 하고 거기에 비례한 탄소 발생이 또 이루어집니다. 생산된 상품은 유통 판매 과정과 소비 과정에서도 에너지 소비가 일어나기 때문에 3중 4중으로 탄소가 배출되지요. 70억 인구가 휴지 하나씩만 덜 버린다고 해도 나무가 베어지는 걸 많이 줄일 수 있습니다. '나 하나쯤이야'가 아닌, '나 하나만이라도'의 정신으로 작은 것부터 실천해야겠습니다.

어려운 문제일수록 쉽게 접근해야 한다고 합니다. 지구 온난화의 문제가 간단치 않지만, 지구인들이 한마음이 되어 노력한다면 쉽게 풀릴 수도 있습니다. 더 중요한 것은 환경문제의 심각성을 인식하는 것에 머무르지 말고, 작은 것 하나라도 실천해야한다는 것이지요.

오늘날 환경의 중요성을 강조한 사람은 매우 많습니다. 그러나 환경 문제를 해결하기 위해 앞장서는 사람은 찾아보기 어렵습니다. 그렇기 때문에 환경의 문제는 도덕성의 문제라고 역설한 사람이 있지요. 환경 교과를 교육과정에 편성하고 있는 학교가 매우 적어서 안타깝지만, 환경 교과서에서도 이러한 점을 강조하고 있습니다.

지구 온난화의 문제가 중요하지만, 너무 심각하게 말씀을 드렸나 봅니다. 제 전직의 직업의식이 발동한 탓으로 이해해 주시기 바랍니다. 재미있는 말이 떠오릅니다. 작심삼일이란 말은 부정적인 의미를 담고 있는 것으로 여기지만, 작심삼일도 많이만 하면 좋다는 것이지요. 그러니까 1년에 작심삼일 100번을 하면, 1년 내내 실천하는 것과 같다는 논리였습니다.

동장군의 위세가 대단하지만, 어떤 시인의 말처럼 이제 겨울이 깊었으니 결코 봄이 멀리 있지는 않겠지요. 아무리 이상 기후가 대단해도 결코 오는 봄을 막을 수는 없습니다. 자연의 섭리는 우리에게 희망의 봄을 약속했고, 그 약속은 한 번도 어긴 일이 없었으니까요.

문학과의 인연

- 청도산방에서 (38)

제가 문학에 관심을 두게 된 것은 고등학교 2학년 봄이었습니다. 구 학제인 5년제 고등전문학교에 다녔는데, 스승의 날을 앞두고 은사님의 은혜에 대한 교내 글짓기 대회가 열렸습니다. 깜짝 놀란 사실은 전체 5개 학년 중에서 1학년 학생이 대상을 받은 것이었습니다.

다음 해에 엄청난 가뭄이 들었습니다. 가뭄이 워낙 심해서 큰 저수지도 바닥을 다 드러내고 전국이 몸살을 앓고 있었지요. 한 방울의 물이 아쉬운 판에 방법은 지하수 개발이 유일했습니다. 학교 신문도 원고 가뭄이 들었나 봅니다. 수업을 마친 교수님이 따라오라고 해서, 의아한 마음이었지요. 지하수 개발의 필요성과 전망에 관련한 자료를 주시면서, 학교 신문에 싣기로 했으니 5일 후까지 70매의 소논문을 써오라는 당부셨습니다.

　얼마 후에 학보사로 불려가서 원고료를 받았는데 고교생 신분으로는 많은 액수였습니다. 어느덧 52년 전의 일이 되었습니다. 단순하게 당시와 물가를 비교한다면 지금의 10만 원도 훌쩍 넘는 액수로 추산됩니다. 이를 계기로 학보사 일을 하게 되고 편집장을 맡았을 때, 많이 도와준 사람은 앞에서 대상을 받았다는 박 형입니다. 토목을 전공하고 내가 직장을 구할 때는 건설 경기가 절정을 이루고 있었지만, 글을 쓰고 싶은 욕심도 작용해서 교직을 택하게 되었습니다. 그렇지 않았다면 문인의 길을 걷기가 쉽지 않았겠지요.

문학을 전공한 것도 아니고 그냥 독학으로 조금 공부한 것을 바탕으로 글쓰기를 이어오고 있지만, 자극을 받거나 잘못된 문장을 지적해 주는 사람이 없었던 점은 아쉬운 대목입니다. 문제는 모르면 잘못된 어휘나 문장을 반복해서 쓰게 된다는 점이지요. 다행스럽게도 얼마 전부터 맞춤법 검사기로 검색해서 퇴고할 수 있게 되었습니다.

　문예지가 난립하면서 등단이 쉬워지고 문인이 양산되는 걸 비판하는 목소리도 높습니다. 물론 타당한 면도 있지만, 순기능도 있다고 봅니다. 저도 수필을 만만하게 보았고 부족한 글을 쓰고 있지만, 나름 만족하고 있기 때문입니다. 글을 쓰게 되면서 글쓰기가 어렵다는 것을 알게 되었고, 그를 계기로 겸손한 마음으로 남의 글을 대하게 됩니다. 더 고마운 것은 좋은 문우들을 많이 만났고, 책을 열심히 읽는 취미를 갖게 된 점이지요.

　천안수필문학회의 초대 회장을 맡아 6년간 연임한 것이 대표적인 문단 이력입니다. 어찌 보면 더 열심히 활동하지 못해 부끄럽기도 합니다. 이 이야기를 하는 이유는 그 6년 동안 문학의 저변 확대를 위해 노력해 왔다는 자부심 때문입니다. 저의 권유로 천안수필문학회에 들어온 회원도 여럿인데, 대표적인 사람이 남호탁 원장입니다. 그도 6년간 회장을 연임하며 공헌한 바가 크지만, 무엇보다 10년 넘게 월 10만 원씩 특별회비를 내고 있다는 것은 너무나 고마운 일입니다. 얼마 전에 10년을 채운 걸 알게 된 모임에서 회원들도 깜짝 놀랐습니다. 보답을 논의하면서 농담처럼 동상을 세우자는 말까지 나왔습니다.

자화자찬이어서 송구하지만 하나만 더 소개해야겠습니다. 초창기엔 책을 적게 찍어도 작품을 싣는 회원이 20명 정도여서 10권씩 나누어주고, 여기저기 배포해도 많이 남았습니다. 책 소비를 궁리하다가 이해할만한 회원들에게 30권씩 강매를 하게 되었지요. 당시엔 문화재단의 지원을 받지 못해서 출판비가 부담되었기 때문이기도 했습니다. 제 생각은 2,000원짜리 치고는 선물로 훌륭하다고 여겼고, 살아가는 이야기를 풀어쓴 내용이 편하게 읽힐 수 있으리라 여겼습니다. 그 부탁을 거절한 사람이 전혀 없었으니, 지금 생각해도 참으로 고마운 일입니다.

어떤 친구는 제가 보낸 동인지를 부인도 함께 읽는다고 합니다. 그 부인께서 제 덕분으로 책을 읽는 좋은 습관을 갖게 되었다며, 정중하게 고마움을 표하기도 했지요. 작가에겐 자기 글을 열심히 읽어주는 독자처럼 고마운 사람도 없을 것입니다. 조심스러운 말이지만, 회원 중에는 우리 동인지를 건성으로 읽는 사람도 있다는 느낌을 받았습니다. 저의 시골 생활을 소재로 5년째 연작 수필을 싣고 있는데, 귀촌한 사실을 모르고 있었기 때문입니다. 저는 논어에 나오는 이문회우以文會友라는 말을 좋아합니다. 그만큼 문우들을 소중하게 여기며, 회원들의 작품도 열심히 읽는다고 자부하며 드리는 말씀입니다.

불행 중 다행이란 말이 있습니다. 유례가 없이 많은 사람을 힘들게 하는 코로나19이지만, 이를 좋은 계기로 만들 수는 없을까요? 무료함을 달래는 방법으로라도 더 좋은 글을 쓰기 위해 매진할 수 있다면, 먼 훗날에 코로나19를 덜 힘들게 회상할 수 있지 않을까요.

찰떡궁합

- 청도산방에서 (39)

    예전에 청도를 다녀온 일이 있습니다. 어떤 일로 네 명이 함께 했는데, 초면인 여자도 있었지요. 세 시간 넘게 달린 끝에 청도 땅에 당도하였습니다. 처음 찾아가는 곳이면서도 남다른 감회가 있었지요. 제 아호가 청도여서 진작 와 보고 싶었던 곳이기 때문입니다.

    유명 작가도 아니면서 제 아호 이야기가 망설여졌지만, 조심스럽게 말을 꺼냈습니다. "저의 아호가 청도인데, 청도 땅을 처음 밟게 되는 오늘은 매우 뜻 깊은 날이네요." 말이 끝나기가 무섭게 초면의 여자가 "선생님! 저하고 찰떡궁합이시네요."라고 응수했습니다. 저는 깜짝 놀라서 쳐다보았지요. 이어지는 말을 듣고 일행은 웃음을 터트렸습니다. "제 이름이 충남이니까요. 선생님 아호 청도와 제 이름을 결합하면 충청남도가 되잖아요. 같이 충남에 사는 것이야말로 찰떡궁합이지요."

이제 생각하니 저는 대학에 편입해서 기숙사 생활을 한 2년과 병영 시절을 제외하면 충남을 떠난 적이 없습니다. 대전에서 오래 살았지만, 당시는 광역시로 독립하기 전이지요. 평생 고향을 지키는 사람도 많습니다만, 저는 충남 지역을 골고루 옮겨 다니며 살고 있는 점이 다르지요.

비단 고을 금산에서 태어났습니다. 충남의 최고봉인 서대산 정남향의 동네입니다. 초등학교 저학년 시절에는 6·25전쟁 직후여서, 등굣길에는 군가를 부르며 행군 대형으로 등교했었지요. 그런데 군가가 아닌 노래도 있었습니다. 재미있는 것은 그것이 교가인 줄을 먼 훗날에 알았다는 점입니다. 글자로 된 가사는 접하지 못한 채 그냥 선배들을 따라 부르다 보니, 맨 앞의 '금산 북쪽 웅장한 서대산 줄기'만 기억하고 있었지요. 그 뒷부분은 모르는 단어가 섞여 있어서 기억이 없는 듯합니다.

졸업 후 30년쯤 지나서 영국사를 다녀오다 모교에 들렀습니다. 고향 마을은 면의 최북단인 대전 쪽이어서 모교 근처를 지날 일이 거의 없었습니다. 학교를 둘러보다가 교실 안의 게시판에 교가 가사가 있는 것을 보고 알게 되었지요.

자생하는 산벚꽃이 아름답기로 유명한 산안리 마을이 제 고향의 바로 옆 동네입니다. 지금은 봄이면 축제가 열리고 있어서, 유서 깊은 신안사와 함께 유명한 관광지가 되었지요. 당시엔 심산유곡의 마을로 높은 고개를 넘어야 했습니다. 초등학생에겐 너무 먼 거리여서 6학년이 돼서야 선생님을 졸라 신안사로 봄 소풍을 다녀올 수 있었습니다. 꽃구름을 이룬 절경은 어린 마음에도 아름답게 느껴졌습니다.

　중학교에 입학하면서 처음 버스를 타 보았습니다. 시골뜨기에겐 대전의 모습이 모두 경이의 대상이었습니다. 1학년 때 단체로 송충이를 잡으러 보문산에 올랐습니다. 시골 산만 보았기에, 전망대 옆에 꽤 넓은 마당이 만들어져 있는 걸 보고 깜짝 놀랐습니다. 전망대에서 대전 시내 전경을 내려다보며 그 광활한 모습에 놀라기도 했지요. 더 넓은 세상을 살아갈 꿈에 부풀기도 했습니다.

　고등학교 때는 판암동에서 살았습니다. 지금은 지하철 종점인 판암역 부근이지요. 여름 방학이면 가까운 식장산 계곡에서 더위를 식히곤 했습니다. 상수원 보호구역이어서 정면으로 가면 출입을 제한하는 철조망이 있었지만, 옆으로 조금만 올라가면 쉽게 계곡으로 들어갈 수 있었습니다. 당시에도 원시림처럼 울창한 밀림을 이루고 있었고 물이 완전한 1급수였지요. 간단한 도시락만 준비하면 최고의 피서를 다녀올 수 있었습니다.

첫 발령을 받아 30년 넘게 살았으니, 그리고 아내를 만나 두 자녀를 키운 천안은 제2의 고향입니다. 천하대안의 고장이라고 자랑하는 곳이기도 하지만, 교통의 요충지이기도 합니다. 전국 각지에 흩어져 사는 친구들과의 1박 2일 모임을 주로 천안에서 해 오고 있습니다.

태조산과 독립기념관에서 가진 모임도 엄청나게 많습니다. 태조산을 오르는 코스도 여럿입니다. 독립기념관은 전시관, 어록비 둘레길, 단풍나무 숲길, KBS 중계소, 북면 벚꽃 길, 등 다양한 코스를 선택할 수 있습니다. 그 외에도 박문수 묘가 있는 은석사 계곡, 성거산 천주교 성지, 운주산성, 연암대학의 국화전시회 등 다녀온 곳은 열거하기 어려울 정도로 많습니다. 학교를 졸업하고 연 4회씩 50년 가까이 모임을 가져오고 있으니, 2~3차례 다녀온 곳도 있습니다.

순환근무제의 원칙에 따라 천안을 떠나게 되었습니다. 농업계 학교로 전근을 가야 할 입장이어서 모두 통근이 가능한 합덕을 원했습니다. 저는 아이들이 학교에도 다니지 않을 때여서, 바닷가에 한번 살아보자고 찾아간 곳이 서산입니다. 두메산골에서 태어나 자란 탓에 발동한 다소 낭만적인 생각이었습니다.

서산에서는 직장 분위기도 좋았고 재미있는 생활을 할 수 있었지만, 무엇보다 잊을 수 없는 것은 '흙빛문학'과의 만남입니다. 당시는 태안이 분군分郡되기 전이고, 회원은 태안에 많이 거주한 덕분으로 모임을 통해서도 바닷가 구경을 많이 할 수 있었지요. 제가 서산에 거주하는 동안은 친구들이나 친척들의 피서 모임이 자연스럽게 인근 해수욕장으로 정해지곤 했습니다.

다시 천안농고로 돌아와 7년을 더 근무했습니다. 20년을 근무하는 동안 거친 학교는 단 두 학교뿐이었지요. 두 번째 근무하던 중에 개교 60주년을 맞았습니다. 글을 쓴다는 죄로『천농60년사』를 만드느라 고생했지만, 1930년대에 학교를 다닌 졸업생들과의 인터뷰를 통해 정말 재미있는 이야기를 많이 들을 수 있었습니다.

충남예술고등학교에 저의 부전공인 환경 TO가 배정되었습니다. 관내 우선의 규정에 따라 경쟁자 없이 발령을 받아, 성거산 기슭에서 생활하게 되었습니다. 무엇보다 당시는 특수목적고에 대한 특례 조치로, 지역 근무연한에 상관없이 5년을 더 근무할 수 있어서 기뻤습니다. 수업 시수도 매우 적고 업무 부담도 없어서 자주 뒷산에 올랐습니다. 7~8분만 걸으면 원시림처럼 느껴지는 울창한 숲을 만날 수 있었지요. 피톤치드가 가득한 숲속에서 책도 읽고, 명상에 잠기다 내려오곤 했습니다. 저에겐 직장 생활 중의 가장 좋은 추억입니다.

개교하는 온양용화고등학교로 발령을 받았습니다. 당시는 주변이 택지로 개발되기 전이어서 봄이면 앞산이 온통 꽃 대궐을 이루었습니다. 새로 개통한 외곽도로 남쪽으로는 건물이 용화고교뿐이었지요. 저녁에 자율학습 지도를 하며 창밖을 내다볼 때면 노부부의 농사짓는 모습이 밀레의 '만종'을 연상케 했고, 해넘이의 노을이 환상적이었습니다. 어둠이 내려앉으며 아카시아의 향기는 진동했고, 개구리의 울음소리는 오케스트라를 연상케 했습니다.

다시 첫 발령지인 천안으로 전입하여 천안여자중학교로 발령을 받았습니다. 고등학생보다 중학생 지도가 더 어렵다며 만류한 사람이 있어서 걱정했는데, 제 교과는 1학년에 배정되어 있어서 어려움이 없었습니다. 덕분에 7년을 즐겁게 보낼 수 있었고, 그들과의 생활은 연작 수필 '내가 정말 헐~인데'의 좋은 글감이 되어 주었습니다.

첫 발령을 받아 근무한 학교는 잊을 수 없다는 말들을 합니다. 저는 교명이 바뀐 제일고등학교의 15년도 그렇지만, 7년이나 근무하고 퇴직한 마지막 근무지 천안여자중학교도 잊을 수 없지요.

드디어 퇴직하고 전원생활의 꿈을 이루었습니다. 해마다 봄이면 운초추모문학제가 열리는 광덕사와 정이 들어서, 그 근처에 귀촌할 땅을 찾아다녔습니다. 1978년에 천안문협에 입회하고 다음 해부터 계속 참여해 오고 있는데, 당시는 더욱 심산유곡의 정취를 느낄 수 있었습니다. 도로 사정이 매우 열악해서 버스가 어렵게 통과하는 구간도 두세 곳이 있었고, 시간도 두 시간 정도 걸렸던 것으로 기억됩니다.

마음에 드는 좋은 집터를 만나기가 어렵다고 하지요. 곡두터널의 개통 덕분에 광덕사 입구에서 5분 거리인 공주 정안면 이곳을 겨우 만날 수 있었습니다. 무엇보다 청정지역이고, 뒷산이 병풍처럼 둘러싸고 있는 조용한 곳으로 마음에 쏙 들어서 쉽게 결정할 수 있었습니다. 알고 보니 이곳은 예로부터 금란구곡으로 이름난 명승지였다고 합니다. 그 흔적이 남아있지 않아서 아

쉽지만, 면 소재지인 광정 제1곡으로부터 바로 윗동네인 제9곡에 이르기까지 정안천을 따라 거슬러 오르는 주변 풍경은 지금도 감탄을 금할 수 없을 정도로 아름답습니다.

 평생 여러 곳을 옮겨 다니며 살고 있지만, 한 번도 벗어난 적이 없는 충남은 저와 천생연분이고 찰떡궁합이 틀림없습니다. 다른 뜻을 담아 지어진 아호이지만, 그 청도와 충남을 결합하면 충청남도가 되기에 더 그렇습니다.